우리가 정말 알아야 할 우리 고전

당금애기
바리데기

우리가 정말 알아야 할 우리 고전 기획 위원

고운기 | 한양대학교 문화콘텐츠학과 교수
김현양 | 명지대학교 방목기초교육대학 교수
정환국 | 동국대학교 국어국문학과 교수
조현설 | 서울대학교 국어국문학과 교수

우리가 정말 알아야 할 우리 고전

당금애기 바리데기

초판 1쇄 발행 | 2010년 12월 20일

글 | 최원오
그림 | 이선주
펴낸이 | 조미현

편집주간 | 김수한
책임편집 | 박민영
디자인 | 디자인 나비

출력 | 문형사
인쇄 | 영프린팅
제책 | 쌍용제책사

펴낸곳 | (주)현암사
등록 | 1951년 12월 24일 · 제10-126호

주소 | 121-841 서울시 마포구 서교동 442-46
전화 | 365-5051 · 팩스 | 313-2729
전자우편 | 1318@hyeonamsa.com
홈페이지 | www.hyeonamsa.com

글 ⓒ 최원오 2010
그림 ⓒ 이선주 2010
ISBN 978-89-323-1565-2 03810

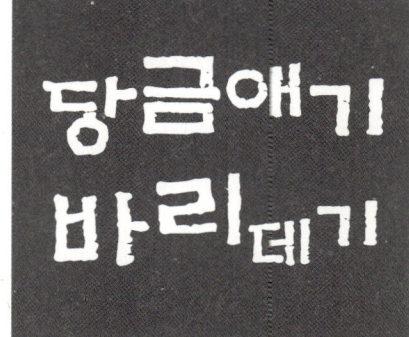

당금애기 바리데기

글 최원오 | 그림 이선주

ⓗ 현암사

우리 고전 읽기의 즐거움

문학 작품은 사회와 삶과 가치관을 총체적으로 담고 있는 문화의 창고이다. 때로는 이야기로, 때로는 노래로, 혹은 다른 형식으로 갖가지 삶의 모습과 다양한 가치를 전해 주며, 읽는 이에게 기쁨과 위안을 주는 것이 문학의 힘이다.

고전 문학 작품은 우선 시기적으로 오래된 작품을 말한다. 그러므로 낡은 이야기일 수 있다. 그러나 그 속에 담긴 가치와 의미는 결코 낡은 것이 아니다. 시대가 바뀌고 독자가 달라져도 고전이라는 이름으로 여전히 많은 사람에게 읽히는 작품 속에는 인간 삶의 본질을 꿰뚫는 근본적인 가치가 담겨 있다. 그것은 시대에 따라 퇴색되거나 민족이 다르다고 하여 외면될 수 있는 일시적이고 지역적인 것이 아니다. 시대와 민족의 벽을 넘어 사람이면 누구나 공감할 수 있는 보편적이고 세계적인 것이다. 그렇기 때문에 우리가 톨스토이나 셰익스피어 작품에서 감동을 받고, 심청전을 각색한 오페라가 미국 무대에서 갈채를 받을 수도 있다.

우리 고전은 당연히 우리 민족이 살아온 궤적을 담고 있다. 그 속에 우리의 지난 역사가 있고 생활이 있고 문화와 가치관이 있다. 타인에게 관대하고 자신에게 엄격한 공동체 의식, 선비 문화 속에 녹아 있던 자연 친화 의지, 강자에게 비굴하지 않고 고난에 굴복하지 않는 당당하고 끈질긴 생명력, 고달픈 삶을 해학으로 풀어내며 서러운 약자에게는 아름다운 결말을 만들어 주는 넉넉함……

　사람과 사람, 사람과 자연의 '어울림'을 중요하게 생각했던 우리의 가치
관은 생활 속에 그대로 녹아서 문학 작품에 표현되었다. 우리 고전 문학 작
품에는 역사가 기록하지 않은 서민의 일상이 사실적으로 전개되며 우리의
토속 문화와 생활, 언어, 습속이 구체적으로 드러난다. 작품 속 인물들이
사는 방식, 그들이 구사하는 말, 그들의 생활 도구와 의식주 모든 것이 우
리의 피 속에 지금도 녹아 흐르고 있음이 분명하지만 우리 의식에서는 이
미 잊힌 것들이다.

　그것은 분명 우리 것이되 우리에게 낯설다. 고전을 읽음으로써 우리는
일상에서 벗어나 그 낯선 세계를 체험하는 기쁨을 얻게 된다. 몰랐던 것을
새롭게 아는 것이 아니라 잊었던 것을 되찾는 신선함이다. 처음 가는 장소
에서 언젠가 본 듯한 느낌을 받을 때의 그 어리둥절한 생소함, 바로 그 신
선한 충동을 우리 고전 작품은 우리에게 안겨 준다. 거기에는 일상을 벗어
났으되 나의 뿌리를 이탈하지 않았다는 안도감까지 함께 있다. 그것은 남
의 나라 고전이 아닌 우리 고전에서만 받을 수 있는 선물이다.

　우리 고전을 읽어야 한다는 데는 이미 많은 사람이 공감한
다. 고전 읽기를 통해서 내가 한국인임을 자각하고, 한국인
이 어떻게 살아왔으며, 어떻게 살아가야 할지 알게 하는
문화의 힘을 느낄 수 있다.

　하지만 고전은 지난 시대의 언어로 쓰인 까닭에

지금 우리가, 우리의 청소년이 읽으려면 지금의 언어로 고쳐 쓰는 작업이 반드시 선행되어야 한다. 우리가 쉽게 접하는 세계의 고전 작품도 그 나라 사람들이 시대마다 새롭게 고쳐 쓰는 작업을 거듭한 결과물이다. 우리는 그런 작업에서 많이 늦은 것이 사실이다. 이제라도 우리 고전을 새롭게 고쳐 쓰는 작업을 할 수 있는 것은 우리의 문화 역량이 여기에 이르렀다는 방증이다.

현재 우리가 겪는 수많은 갈등과 문제를 극복할 해결의 실마리를 고전 속에서 찾을 수 있다고 확신하면서 우리 고전을 지금의 언어로 고쳐 쓰는 작업을 시작한다. 이 작업은 여기에서 멈추지 않고 앞으로도 시대에 맞추어 꾸준히 계속될 것이다. 또 고전을 읽는 데서 끝나지 않을 것이다. 우리 고전은 우리의 독자적 상상력의 원천으로서, 요즘 시대의 화두가 된 '문화 콘텐츠'의 발판이 되어 새로운 형식, 새로운 작품으로 끝없이 재생산되리라고 믿는다.

'우리가 정말 알아야 할 우리 고전'을 기획하면서 우리는 다음과 같은 몇 가지 원칙을 세웠다.

먼저 작품 선정에서 한글·한문 작품을 가리지 않고, 초·중·고 교과서에 수록된 작품을 우선하되 새롭게 발굴한 것, 지금의 우리에게도 의미 있고 재미있는 작품을 포함시키기로 하였다.

그와 함께 각 작품의 전공 학자들이 적극적으로 참여하여 판본 선정과 내용 고증에 최대한 정성을 쏟았다. 아울러 원전의 내용과 언어 감각을 훼손하지 않으면서도 글맛을 살리기 위해 여러 차례 윤문을 거쳤다.

　마지막으로 시각 효과를 높이기 위해 내용에 맞는 그림을 곁들였다. 그림만으로도 전체 작품의 흐름을 알 수 있도록 화가와 필자가 협의하여 그림 내용을 구성했으며, 색다른 그림 구성을 위해 순수 화가와 사진작가를 영입하기도 하였다.

　경험은 지혜로운 스승이다. 지난 시간 속에는 수많은 경험이 농축된 거대한 지혜의 바다가 출렁이고 있다. 고전은 그 바다에 떠 있는 배라고 할 수 있다.

　자, 이제 고전이라는 배를 타고 시간 여행을 떠나 보자. 우리의 여행은 과거에서 출발하여 앞으로 미래로 쉼 없이 흘러갈 것이며, 더 넓은 세계에서 더 많은 사람을 만나며 끝없이 또 다른 영역을 개척해 갈 것이다.

우리가 정말 알아야 할 우리 고전
기획 위원

차례

당금애기

바리데기

일러두기

1. 「당금애기」는 경기도 양평에서 1970년에 채록되어 서대석의 『한국무가 연구』 부록에 실린 내용을 토대로 읽기 쉽게 고쳤다.

2. 「바리데기」는 서울 지역에서 채록하여 1937년에 발표한 아카마쓰 지죠·아키바 다카시의 『조선무속의 연구(상)』에 실린 내용을 기본 자료로 하고, 김태곤의 『한국 무가집 1』, 『한국 무가집 4』 등에 실린 기록을 참조하여 일부 내용을 보충하였다.

3. 채록된 자료의 실상을 소개하는 데 초점을 두었기 때문에 원 자료의 내용이나 표현을 최대한 살리고자 하였다.

4. 문맥의 이해를 돕기 위해 일부 단어에는 한자음을 병기하고 주석을 붙였다.

5. 「당금애기」에서 석가여래와 당금애기가 외는 '진언'은 그 첫 구절만 소개하였다.

6. 「바리데기」에서 일곱 명의 딸을 낳을 때마다 태몽, 출산 정황 등 거의 같은 내용이 반복되는데, 이 책에서는 반복되는 부분을 간단하게 정리하였다.

당금애기

자손을
점지해 주소서

제석*님은 어찌하여 제석님이 되었을까? 제석님은 어찌하여 많은 사람의 위함을 받게 되었을까? 제석님의 근본을 찾아보자. 제석님의 근본은 어디인가?

나라가 태평하고 백성이 편안하며 풍년이 든 시절에 서천국*을 다스리고 있던 왕이 있었으니, 왕 부설 씨였다. 그러나 그에게는 자손이 하나도 없었다. 하루는 왕이 부인과 함께 문 앞에 나와 바라보니, 해는 서산에 지고 달은 동쪽에서 떠오르고 있었다. 쓸쓸한 마음에 왕이 한탄을 하였다.

"인간 세상에 태어나서 살다가 자손을 못 이으면 우리 재산은 누가 맡으며 조상 제사는 누가 모시나?"

그러자 부인이 답하였다.

"우리가 하느님 덕분으로 서천국을 다스리고 있지만 자손이 하나 없어 그렇지 않습니까?"

12

"그런 줄을 인제 아오? 팔자에 없는 자손을 어찌하오?"

"그런 줄을 인제 안 것이 아니나, 우리 정성이 부족하여 자손을 못 낳는 것이니 명산대천名山大川에 빌어 봅시다."

부인이 청하자 왕이 말하였다.

"요사한 마음이지. 정성 드려 자손을 볼 것 같으면, 이 세상에 자손 없는 사람이 어디 있겠소?"

"그런 것도 아닙니다. 정성은 누구나 다 드릴 수 있답니까? 정성을 드리는 것이 자손을 두는 것보다 어렵습니다. 나의 정성만 지극하면 세상만사 안 되는 일이 없습니다. 지성이면 감천이라고 하는데 되지 않을 리 만무합니다."

부인이 이와 같이 말하니, 왕은 부득이 허락을 하였다.

부인은 집 안을 청결하게 정돈해 놓은 뒤에 명산•에 올라가서 황토로

제석帝釋 불교신인 제석천(帝釋天)에서 유래한 신의 이름이다. 불교에서 말하는 제석천은 산스크리트어로 '사크라데바남 인드라(Sakradevānām Indra)'인데, 제(帝)는 '인드라'의 번역이고, 석(釋)은 '사크라'의 음역이다. 제석천은 인도 수미산(須彌山) 꼭대기에 있는 도리천(忉利天)의 왕인데 그는 사천왕(四天王)과 삼십삼천(三十三千)을 통솔하면서 불법과 불법에 귀의하는 사람을 보호하고, 아수라의 군대를 정벌하는 일을 한다. 그러나 우리나라의 무속신화에서 제석신은 수명을 연장시켜 주고, 재물을 늘려 주며, 새로운 생명의 탄생을 보호해 주는 신이다. 민속에서 '제석단지'나 '제석항아리'의 습속을 보면, 곡신(穀神)이며 농경신으로서의 기능도 갖고 있다. 따라서 우리나라 무속신화에서의 제석신은 명칭만 불교에서 빌려 왔을 뿐, 신으로서의 실질적 직능은 불교사상과는 관련 없이 무속 고유의 생명수호신 성격을 계승한다고 볼 수 있다.

서천국西天國 인도를 가리키는 말로 무속 고유 신의 명칭이 불교식으로 바뀌면서 나타난 것이다. 서천국은 제석님이 사는 곳인데 몇몇 이본에 따르면 제석님은 '황금산 주자선생', '황금산 주재문장' 등으로 표현되어 있다. 주자선생, 주재문장은 절의 주지(住持)에서 온 말이기 때문에 불교의 영향으로 볼 수 있다. 또한 '~산'은 무속 고유의 신이 불승으로 변한 뒤에 붙여진 것이다. 문제는 황금산인데, '황금'은 '한곰'이 입으로 전해 오며 변형된 말일 가능성이 크다. '한'은 고어로 '대(大)'의 뜻을, '곰'은 '신(神)'의 뜻을 갖고 있으므로 '흔감'은 곧 '대신(大神)'이다. 여러 이본에서 이 신화 속 남자 주인공의 거처가 하늘로 설정된 것을 볼 때, 대신은 곧 천신(天神)이다. 따라서 서천국은 천궁(天宮)이었을 가능성이 크다.

명산名山 일반명사로 보면 '이름난 산'이라는 뜻이다. 그러나 문맥에 따라서는 고유명사로 이해할

단*을 높이 만들었다. 그러고는 상탕(개울의 윗부분)에서 머리 감고, 중탕(개울의 중간 부분)에서 목욕하고, 하탕(개울의 아랫부분)에서 손발을 씻었다. 향로 향합에 불을 바치고, 양초 한 쌍에 불을 켜 놓고, 소지* 석 장을 드린 후에 무릎을 꿇고 두 손을 합장하여 빌었다.

"비나이다. 비나이다. 명철*하신 하느님, 산신山神, 후토신령*, 태상노군*은 감응하소서. 다름이 아니라 우리는 서역국을 다스리고 있는 왕으로 성은 왕가요, 이름은 부설이옵니다. 하느님 덕분으로 왕의 벼슬을 누리고 있어 부족한 것은 없습니다. 하지만 자손이 하나도 없어 그러하오니 자손을 점지해 주시길 비옵니다."

이렇게 온 마음의 정성과 기력을 다해 빌기 시작하여 하루 빌고, 이틀 빌고, 석 달 열흘을 빌어 백일기도를 다 드렸다.

그런 뒤에 집으로 내려와 침실에 누웠는데, 삼경三更(밤 11시에서 새벽 1시 사이)쯤 되어 꿈을 꾸었다. 꿈에 어떤 어린아이 하나가 나타나 부인에게 말하였다.

"부인, 놀라지 마옵소서. 저는 다름이 아니오라 하늘나라에서 벼슬하던 신선이었는데, 천상에서 죄를 많이 지어 명산에 내려 보내졌습니다.

수도 있다. 중국 사천성(四川省) 풍도현(酆都縣)에 귀성(鬼城)이 자리한 곳이 명산이다. 사람이 죽으면 귀성에 가서 옥황상제의 심판을 받는다고 하는데 석가여래가 부모의 묘를 명산에 쓴 것으로 보아도 이를 추측할 수 있다. 귀성은 불교와 도교 신앙이 절충되어 만들어진 장소 개념이다.
단壇 제사를 지내기 위하여 흙이나 돌로 쌓아 올린 터
소지燒紙 신령 앞에서 비는 뜻으로 종이를 불살라 그 재를 공중으로 올려 보내는 일. 잘 타서 높이 올라가면 신령이 즐겨 받았다는 표시이며, 앞으로 좋은 결과가 있을 것으로 이해한다.
명철明哲 총명하고 사리에 밝다는 뜻
후토신령后土神靈 토지신
태상노군太上老君 노자(老子)의 존칭. 무속신화에서는 하나의 신격이다.

그런데 갈 곳을 몰라 하니 산신과 후토신령께서 부인 댁으로 가라고 지시하였습니다. 이제 부인과 저는 어머니와 아들로 만난 것입니다."

그러고는 부인 품에 덥석 안겼다.

부인이 깜짝 놀라 깨어 보니 남가일몽*이었다. 부인은 왕을 불러 꿈에 나타난 일을 이야기하였다.

"오늘 밤 꿈이 여차여차 하옵니다."

그러자 왕은 즐거워하며 말하였다.

"이제는 우리 집안에 좋은 영화가 있겠구나. 꽃이 피겠구나."

왕은 그날 밤을 부인과 지냈다.

이후 몇 달이 지나 태기가 있음을 느낀 부인은 옆으로 돌아눕지 않고, 누추한 자리에 앉지 않으며, 자리 끝이나 마루 끝 같은 데에도 앉지 않았다. 좋고 좋은 자리로만 골라 앉아서 몸을 곱게 길러 내며 세월을 보냈다.

이듬해 사월 초파일이 되었다. 부인은 팔다리, 등골에 별안간 통증을 느꼈다.

"아이고, 데이고."

오시午時(오전 11시부터 오후 1시 사이)가 되자 부인은 옥동자를 낳았다. 아기의 얼굴을 보니, 얼굴은 관옥*과 같고, 풍채는 두목지*와 같았다. 신선의 풍채와 도인의 골격을 갖춘 귀한 남자, 효자 충신의 탄생이었다. 그러나 사람의 형상이 아니어서 앞에서 보면 삼태성*이 비춰 보이고, 뒤에서 보면 북두칠성北斗七星이 비춰 보였다.

"아차, 내가 명산대천에 빌어서 난 자손이라 이와 같이 비춰 보였나 보다."

부인은 그렇게 생각하고 석가여래*라 이름을 지었다.

"어허둥둥 내 사랑아. 어여뻐라, 귀여워라. 네가 하늘에서 떨어졌나, 땅에서 솟아났나, 바람에 불려 왔나? 네가 정말 내 아들이냐?"

남가일몽南柯一夢 꿈과 같이 헛된 한때의 부귀영화나 기쁨

관옥冠玉 관복이나 예복을 입을 때 망건 위에 쓰던 관의 앞을 꾸미는 옥으로, 남자의 아름다운 얼굴을 비유할 때 쓰는 말이다.

두목지杜牧之 두목(杜牧, 803~852년)을 가리킨다. 목지는 그의 자(字)이다. 중국 당나라 말기의 시인으로, 시풍은 호방하면서도 아름다운 것으로 알려져 있다.

삼태성三台星 삼형제별(큰곰자리의 상태성, 중태성, 하태성)을 잘못 말한 것이다.

석가여래釋迦如來 석가모니여래의 준말이다. 무속 고유의 신(천신)이 불교의 영향을 받아 불교식으로 이름이 바뀐 것이다. 석가여래와 당금애기 사이에 출생한 세쌍둥이가 제석신이 되는데, 이 제석신 역시 무속 고유의 생명수호신이 불교식 이름으로 바뀐 것이다.

하늘에서 떨어졌나, 땅에서 솟았나?

석가여래의 부모는 하루에도 몇 번씩 아이를 안고서 웃음으로 세월을 보냈다. 그러나 즐거움이 다하면 슬픔이 찾아오고, 고생이 다하면 기쁜 일이 찾아오는 법이다. 사람이 한 번 흉하면 한 번 길하고, 한 번 길하면 한 번 흉하다는 말과 같이 석가여래가 태어난 뒤에는 수심이 전혀 없었는데, 갑자기 근심스러운 일이 닥쳤다. 석가여래 10세 되던 해에 아버지가 갑자기 병을 얻어 눕더니 어떤 약도 듣지 않는 지경이 되었다. 결국 아버지를 잃은 석가여래는 명산에 아버지를 모셔 놓고 자신의 운명을 한탄하였다.

"하느님도 무심하오. 산신도 야속하오. 나를 인간 세상에 내어 놓아 곱게 길렀다고는 하지만, 겨우 나이 10세에 아버지를 돌아가시게 하다니 나의 앞길을 어찌하라고 이리합니까?"

석가여래가 11세 되었을 때 어머니 역시 갑자기 병을 얻어 눕더니 세상의 모든 약이 듣지 않아 결국 세상을 떠났다.

"10세에 아버지 이별, 11세에 어머니 이별. 하느님도 무심하오. 산신도 야속하오. 어린 나이에 이렇게 부모님을 다 잃으니 나의 앞길을 어찌하라고 이리합니까?"

석가여래가 어머니를 명산에 묻은 후에 다시 한 번 자신의 운명을 한탄하고 자기 앞길을 생각하니, 기가 막힐 뿐이었다.

그러나 저러나 서천국 백성의 떠드는 소리가 차차 들려오는데, 배반을 꾀하는 말이었다. 석가여래는 비록 어린 나이이지만, 아버지께서 쓰시던 옥새*를 찾아 명산에 감춰 두고 깊은 산중으로 피신해 들어갔다.

'기막히도다. 어린 나이에 부모님을 다 잃고 나 혼자 남았으니 나의 앞길은 어찌해야 좋을까? 근심, 수심에 한숨까지 쉬어 보지만 어느 누구도 돌봐 주지 않고 도와주지 않으니 나의 앞길 내가 찾아볼 수밖에 없다.'

어느덧 세월은 흘러 석가여래는 13세가 되었다. 석가여래는 이제부터 빌면서 세월을 보내리라 하고, 황토로 단을 모은 후 두 무릎을 꿇고 두 손을 합장하여 빌었다.

"비나이다. 비나이다. 명철하신 하느님, 산신, 후토신령, 태상노군은 감응하소서. 다름이 아니오라 인간 세상에 태어나 10세까지 부모 앞에서 잘 먹고 잘 입으며 자라나다가 10세에 아버지를 잃고, 11세에 어머니마저 잃었습니다. 12세에 명산에 쫓겨 와 앞길을 찾을 수 없어 13세부터 빌며 세월을 보내려고 합니다. 나의 앞길을 찾으려면 어찌해야 좋

옥새玉璽 임금의 도장을 말한다. 국왕의 권위를 상징하는 것으로 사대교린 문서나 왕명으로 이루어지는 국내의 문서에 쓰였으며, 왕위 계승 때에는 왕의 정통을 뜻하기도 했다.

겠습니까?"

　이와 같이 빌면서 세월을 보내는데, 하루는 별안간 사나운 바람이 불더니 석가여래 앞에 염주 하나가 떨어졌다. 석가여래가 그 염주를 집어 들고 기뻐하였다.

　"네가 하늘에서 떨어졌나, 땅에서 솟았나, 광풍에 날려 왔나? 네가 나의 앞길을 찾아 주려는 염주더냐? 에라, 별수 없다. 염주 한 알을 가지고 많이 생산해 볼 수밖에 없다."

　석가여래는 높은 곳에 밭을 갈아 그 염주 한 알을 심어 놓고서 싹 트기만 기다렸다. 땅에 묻힌 염주는 땅 기운으로 움이 돋고, 음기陰氣로 뿌리를 뻗고, 양기陽氣로 싹이 트기 시작하였다. 석가여래는 염주에 싹이 터서 나오는 것을 보더니 자기 부모를 본 듯이 반갑게 여겼다.

　"오냐, 네가 나의 앞길을 찾아 주려는 염주라면 어서어서 자라나서 알을 많이 맺으려무나."

　염주나무가 점점 자라더니 큰 아름드리 재목이 되었다. 그리고 꽃이 피어 떨어지더니 열매를 맺기 시작하였다. 석가여래가 그 염주나무를 바라보니, 가지 다섯 개가 오방五方으로 뻗어 있었다. 동편으로 뻗은 가지의 염주는 복되고 영화로운 삶을 점지하려고, 남쪽으로 뻗은 가지의 염주는 부모가 장수하시고 자식들이 잘 자라며 부부 사이가 화목하기를 점지하려고, 서쪽으로 뻗은 가지의 염주는 태산 같은 복을 점지하려고, 북쪽으로 뻗은 가지의 염주는 운수와 재수를 점지하려고, 중앙으로 뻗은 가지의 염주는 부귀공명富貴功名을 점지하려고 연 염주였다. 석가여래는 염주나무를 바라본 후에, 염주가 모두 다 열린 것을 알고, 청명일淸明日에 한 개를 따고, 생기복덕일*에 한 개를 땄다. 이렇게 좋고 좋은 날로만 골라 염주를 따 보니 서 되 서 홉이 족히 되었다.

"신기하구나, 기쁘구나. 염주 하나를 심었더니 이다지 많이 생산되었구나. 나의 정성이 지극하여 이다지 되었을까? 나의 앞길 찾아 주자고 하느님과 산신이 굽어 살피셨나?"

석가여래는 그 염주를 꿰어 보리라 하고 당사唐絲(중국의 명주실)로, 염주를 딸 때와 같이 청명일에 한 개를 꿰고, 생기복덕일에 한 개를 꿰었다. 좋고 좋은 날로만 골라 염주를 꿰어 옥반*에 받쳐 들고 명산에 내려서서 혼잣말을 하였다.

"하느님, 산신, 후토신령, 태상노군은 감응하소서. 나의 정성은 이뿐입니다. 나의 정성은 이뿐인데, 이걸 가지고 앞길을 찾자면 어찌해야 옳겠습니까?"

이와 같이 말을 하니, 꿈결인지 잠결인지 별안간 광풍이 일었다. 그러더니 안개로 병풍을 치고 무지개로 다리를 놓아 석가여래를 하늘로 날아 올렸다.

생기복덕일生氣福德日 생기일과 복덕일. 민간에서 일진을 잡을 때에 가장 좋다고 치는 날이다.
옥반玉盤 옥으로 만든 예반. 예반은 나무나 쇠붙이 따위로 둥글고 납작하게 만들고, 칠을 한 쟁반 모양의 그릇

풍운둔갑법

천상에 올라선 석가여래가 한 곳에 들어가니 끝없이 무섭고 한량없이 두려웠다. 또 한 곳에 들어가니 천문과 지리에 능통한 신장˙들이 삼대같이 늘어서 있었다. 또 한 곳을 들어가니 옥쇄장˙이 최판관˙의 명령을 받아 벌 줄 때 쓰는 도구들을 차려 놓고 태산 같은 호령을 기다리고 있었다. 또 한 곳에 들어가니 그제야 옥황상제가 갑자기 앞으로 뛰어나와 말하였다.

"너는 아직 여기 올 때가 아니 되었는데, 웬일인가?"

"그런 것이 아닙니다. 저를 인간 세상에 태어나게 하여 10세까지 부모 앞에서 잘 먹고 잘 입으며 자라게 하다가 10세에 아버지, 11세에 어머니와 이별하게 하였습니다. 12세에 백성에게 쫓겨 깊은 산중에 들어가게 하니 어찌할 도리가 없는지라, 13세부터 정성을 드리기 시작하였습니다. 그때에 염주 하나를 내려 주시기에 그 염주를 집어 들어 좋은 토지를 골라 심었더니 염주나무가 자라 이와 같이 서 되 서 홉 되는 염주를 땄습니다. 저의 정성을 바치려고 왔사오니, 이 염주를 받으시고, 저의 앞길을 찾아 주시길 소원합니다. 어찌해야 저의 앞길을 찾을 수 있겠습니까?"

"너의 정성 그다지도 지극한 줄 몰랐구나. 너의 정성 그와 같이 지극하니 다시 인간 세상에 내려가서 도를 더 닦고 오너라."

옥황상제는 그 염주를 석가여래의 목에 걸어 주고, 고깔과 삿갓, 육환장•과 목탁을 주었다.

석가여래가 옥황상제께서 주시는 것을 고이 받아 들고 명산에 다시 내려와 생각하니, 꿈인지 생시인지 도무지 분간이 되지 않았다. 그러나 다시 정신을 차려 손에 든 것을 보니 생시는 분명 생시인데, 어찌된 일인지 도무지 생각이 나지 않았다. 그러고서 목에 걸린 염주를 꺼내 세어 보니 백팔 개였다.

'이것이 백팔염주로다. 나에게 백팔염주를 걸어 주셨으니, 나는 절을 세울 수밖에 없는 처지로구나.'

15세가 된 석가여래는 그때부터 절을 세우려고 인간 서상에 내려갔다. 그런 뒤 부자에게는 금전金錢을 내게 하고, 없는 사람에게는 힘을 보태게 해서 절을 세워 가기 시작하였다. 석가여래는 이와 같이 하여 마침내 염주 숫자대로 백 여덟 칸의 절을 완성하였다. 절 이름을 금불암金佛庵이라 해 놓고 돌을 깎아 부처님, 미륵님, 신장님을 모셔 놓았다. 또

신장神將 신병(神兵)을 거느리는 장수로, 무속에서는 나쁜 귀신을 잡는 역할을 한다.
옥쇄장獄鎖匠 옥에 갇힌 사람을 맡아 지키는 옥사장이
최판관崔判官 무속에서 저승의 문서를 관장한다고 알려진 신격
육환장六環杖 고승들이 사용하는 지팡이

한 백 여덟 명의 중을 모았다.

"기쁘구나, 신기하구나. 무엇이든지 마음먹은 대로 다 되는구나. 빈손으로 절을 세우고 여러 중을 이리 모았으니 참 신기한 일이구나. 너희 상좌上佐(행자)들도 아무쪼록 이 절에 계신 부처님과 미륵님, 신장님을 정성껏 위하면 소원을 이룰 것이다. 있는 힘을 다해서 잡스러운 마음을 먹지 말고 일심단결一心團結하여 부처님, 미륵님, 신장님을 위하여라."

석가여래는 이와 같이 당부하고, 풍운둔갑법風雲遁甲法을 배우기 시작하였는데, 그때 나이가 16세였다. 석가여래는 육환장을 짚고 재주를 한 번 넘어 범이 되고, 또 한 번 재주를 넘어 깊은 산중의 암석도 되어 보았다. 또 한 번 재주를 넘어 티끌로 변한 뒤에 광풍에 날려 온 데 간 데 없이 사라져 보기도 하고, 또 한 번 재주를 넘어 108세 노인이 되어 보기도 했다. 이렇게 막힐 것이 없이 배운 후에, 석가여래는 여러 상좌를 모아 놓고 말하였다.

"나는 풍운둔갑법까지 다 이뤘다. 이제 인간 세상에 내려가서 인심을 구경하고 올 터이니, 너희들은 아무쪼록 부처님, 미륵님, 신장님을 잘 위하여라."

나이 17세에 석가여래는 풍운둔갑법으로 108세 된 노인으로 변신하였다. 그러고는 장삼을 떨쳐입고, 바랑•을 걸쳐 메고, 백팔염주를 목에 걸고, 삿갓을 숙여 쓰고, 육환장을 들고 금불암을 떠나 인간 세상으로 향하였다.

인간 세상에 내려온 석가여래는 착한 일을 한 사람에게는 복을 주고,

바랑 중이 등에 지고 다니는 자루 모양의 큰 주머니

나쁜 일을 한 사람에게는 벌을 주며 인심을 구경하였다. 재산은 많으나 자손이 없어 어찌할 수 없는 자에게는 재산을 조금 던 뒤 자손을 주었다. 자손은 많으나 재산이 없어 애쓰는 자에게는 자손을 덜고 재산을 주었다. 자손도 많고 재산도 많으나 마음이 악한 자에게는 재산과 자손을 다 뺏은 뒤 고생을 주었으며, 재산도 없고 자손도 없지만 마음이 착한 자에게는 재산과 자손을 다 주었다. 재산도 없고 자손도 없는 데다 마음조차 악한 자는 목을 베었다. 석가여래는 이와 같이 면면촌촌面面村村 방방곡곡坊坊曲曲을 다니면서 인심을 구경하였다.

돌아오는 반달 같고, 물 찬 제비 같고

이때 조선국朝鮮國에 이부상서* 부부가 살았다. 아들은 아홉 형제나 두어 바랄 것은 없었지만, 딸 자손은 하나도 없어 딸 하나 두기만을 원하는 댁이었다.

이부상서 부인은 사주를 보든 관상을 보든 중 사위를 둘 팔자라는 말을 들었다. 부인은 그때마다 '딸이 없는데, 사위를 본단 말이 웬 말이오?' 하며 세월을 보냈다. 그러면서 남들이 딸을 낳아 딸 사랑, 사위 사랑을 받으며 지내는 것을 항상 부러워하였다.

'나는 아들은 아홉 형제지만 딸은 하나도 못 낳았으니 저런 세월을 못 보는구나.'

하루는 부인이 '별수 없다. 내 팔자에도 딸 자손이 있는 고양인데, 나의 정성이 부족하여 못 낳나 보다' 생각하고 이부상서에게 말했다.

이부상서吏部尙書 이부를 관장하는 우두머리 벼슬로 조선 시대의 이조판서(吏曹判書)에 해당한다.

"우리가 하느님 덕분으로 이부상서의 벼슬을 누리고 있고, 아들도 아홉 형제를 두어 바랄 것은 없지만, 딸 자손은 하나도 없습니다. 딸이 그립지 않습니까?"

"요사한 마음이지, 새삼스럽게 그게 무슨 말씀이오? 그런 줄을 인제 아오?"

"그런 줄을 인제 안 것은 아니나, 우리의 정성이 부족하여 딸 자손을 못 낳는 것이니, 명산대천에 백일기도를 드려 봅시다."

부인이 청하자 이부상서가 답하였다.

"요사한 마음이지, 정성을 드려 자손을 둔다면, 이 세상 사람 중 자손 없는 사람이 어디 있을까?"

"그런 것도 아닙니다. 정성 드리기가 자손 두기보다 어렵습니다. 나의 정성이 지극하면 아니 될 리 없습니다. 옛날 옛적 성인들도 명산대천에 빌어 낳습니다. 지성이면 감천이라는 말도 있으니, 아니 될 리 있겠습니까?"

부인이 이와 같이 말하니, 이부상서가 부득이 허락하였다.

그때부터 부인은 집 안을 청결하게 한 뒤, 명산에 올라가 황토로 단을 높이 만들었다. 그러고는 상탕에서 머리 감고, 중탕에서 목욕하고, 하탕에서 손발을 씻었다. 향로 향합에 불 바치고, 양초 한 쌍에 불 켜 놓고, 소지 석 장을 드린 후에 무릎을 꿇고 두 손을 합장하여 빌었다.

"비나이다. 비나이다. 명철하신 하느님, 산신, 후토신령, 태상노군은 감응하소서. 다름이 아니라 우리는 하느님 덕분으로 조선국에서 이부상서 벼슬을 누리고 있고, 아들은 아홉 형제나 두어 바랄 것은 없습니다. 하지만 딸 자손은 하나도 없어 그러하오니 딸 하나 점지하여 주시기를 비나이다."

부인은 이렇게 한 달, 두 달, 석 달 열흘 동안 백일기도를 드렸다.

그러고는 집으로 내려와 침실에 누웠는데, 오경五更(오전 3시부터 5시 사이)쯤 되어 꿈을 꾸었다.

"부인은 놀라지 마소서. 저는 원래 천상 선녀였는데, 천상에서 죄를 많이 지어 명산에 내려 보내졌습니다. 그런데 갈 곳을 몰라 하니 산신, 후토신령께서 부인 댁으로 가라고 지시하셨습니다. 이제 부인과 저는 어머니와 딸로 만난 것입니다."

천상 선녀는 이렇게 말하고 부인의 품에 안겼다. 부인이 깜짝 놀라 깨어 보니 침상일몽*이었다. 곧바로 이부상서에게 꿈에 나타난 일을 말하니 이부상서 또한 '나도 그와 같은 꿈을 꾸었소' 하며 한참을 앉아 꿈 풀이를 하였다. 그러고는 '아하, 이제는 좋은 일이 있겠구나. 좋은 경사가 있겠구나. 우리 집안에 꽃이 피겠구나' 하고 기뻐하며, 그날 밤을 좋게 보내니, 때는 음력 정월이었다.

그로부터 몇 달 후, 부인은 태기가 있음을 느끼고 그날부터 몸을 곱고 정갈하게 하였다. 높은 데에서 뛰어내리지 않고, 자리 끝이나 마루 끝이나 끝자리에 앉지 않고, 누추한 자리에 앉지 않았다. 이렇게 한 달, 두 달이 지나가고 어느덧 맹동孟冬(음력 시월) 십육 일이 되었다. 부인이 팔다리, 등이 아파 병석에 눕더니, 그날 그 시로 딸을 낳았다. 부인이 살펴보니 요조숙녀* 천상 선녀가 하강한 듯, 열녀烈女 효부孝婦가 탄생

침상일몽寢牀一夢 잠자리에서의 한바탕 꿈
요조숙녀窈窕淑女 품위 있고 정숙한 여자

한 듯하였다. 이때 이부상서 댁의 하인들인 김 씨 집안과 최 씨 집안에서도 같은 날, 같은 시간에 딸을 낳았다.

이부상서가 아이들의 이름을 지으려고 옥편玉篇을 꺼내 놓고 좋은 글자를 찾자 하니 적당한 자가 없었다. 한참을 궁리하다가 마땅히 딸을 낳았으니 '마땅 당當' 자 한 자를 선택하고, 이제야 원을 풀었으니 '이제 금今' 자 한 자를 선택하였다. 부모가 자손을 귀여워하는 것은 한 살을 먹으나 열 살을 먹으나 일반이니, '애기'라는 말을 붙여 '당금애기'라고 이름을 지었다. 그러고는 김 씨 집안과 최 씨 집안에서도 같은 날 같은 시간에 딸을 낳았으니, 이는 당금애기를 받들어 모실 자손이라 하여 각각 금단춘, 옥단춘이라고 이름을 지었다.

당금애기 부모는 하루에도 몇 번씩 당금애기를 안고 길러 내며 세월 가는 줄 몰랐다.

'둥기둥실 내 사랑, 어여뻐라 귀여워라. 이제야 원을 풀었도다. 이제야 한을 풀었도다. 바람 불면 날아갈까, 쥐면 꺼질까, 어허둥둥 내 사랑.'

춘하추동春夏秋冬에 따라 옷을 입혀 가며 곱게 길러 내니, 한 살 두 살 먹어 당금애기가 어느덧 7세가 되었다.

"이제 당금애기의 나이 7세가 되었으니 공부를 한번 가르쳐 봅시다."

당금애기의 부모는 독선생*을 들여 당금애기를 공부시키기 시작했다. 당금애기는 『천자문千字文』부터 시작하여 『동몽선습童蒙先習』, 『논어論語』, 『맹자孟子』, 『중용中庸』, 『대학大學』, 『시경詩經』, 『서경書經』, 『주역周

독선생獨先生 글방에서 주인집 아이만 가르치는 선생

易』,『백과전서百科全書』를 10세 안에 배우는데, 막히는 것이 없었다.

이와 같이 공부를 하며 세월을 보내는데, 당금애기가 10세가 되어 배운 것이 많아지니 수상수하手上手下(손윗사람과 손아랫사람)도 알아보고, 삼강오륜*을 지키느라 어른 앞에서는 어렵게 생각하여 마음대로 떠들지 아니하였다. 이에 당금애기 부모는 당금애기를 위해 후원에 별당을 지어 두고 그곳에서 저희들끼리 마음껏 놀도록 하였다.

당금애기는 금단춘, 옥단춘과 더불어 버드나무 사이에서 꾀꼬리가 놀듯, 벌과 나비가 꽃을 찾아다니며 춤을 추듯 풍계묻기*, 자수묻기*, 수침묻기*를 하며 재미있게 놀았다. 그러면 당금애기 아버지는 하루에도 몇 번씩 후원 별당 문을 열고 보며 '어디 보자, 당금애기 내 딸이야. 오늘도 어제같이 몸 성히 잘 노느냐?' 하며 웃음으로 세월을 보냈다.

당금애기가 어느덧 12세가 되어 돌아 오는 반달 같고, 물 찬 제비 같고, 씻은 배추 줄기 같고, 참나무 가지로 만든 부티끈*같이 되니, 어느 누구든지 부러워하지 않는 사람이 없었다.

삼강오륜三綱五倫 삼강인 군위신강(君爲臣綱), 부위자강(父爲子綱), 부위부강(夫爲婦綱)과 오륜인 군신유의(君臣有義), 부자유친(父子有親), 부부유별(夫婦有別), 장유유서(長幼有序), 붕우유신(朋友有信)을 말한다.
풍계묻기 물건을 감추고 서로 찾는 내기를 하는 아이들의 장난
자수刺繡묻기 자수를 누가 더 잘하는지 뽐내는 내기. '묻기'는 '풍계묻기'의 '묻기'에 짝을 맞추어 붙인 것이다.
수침繡枕묻기 베개 수를 놓는 실력을 겨루는 내기
부티끈 베틀의 말코 두 끈과 부티 사이에 맨 끈으로, '부티'는 베틀의 말코 두 끈에 끈을 꿰어 허리에 두르는 넓은 띠를 말한다.

꿈이면 깨라, 생시면 어찌하나?

사람이 한 번 흉하면 한 번 길하고, 한 번 길하면 한 번 흉해지는 법이다. 당금애기 집에서는 당금애기 태어난 이후로 별 근심 없이 웃음으로 세월을 보냈다. 그런데 누가 그 가정을 부럽게 생각하였는지 어떤 간신이 천자에게 고하였다.

"조선국의 십부자*가 무슨 흉계를 꾸며 천자를 들이치려 하니, 어찌하시렵니까?"

"그렇다 하면 그냥 둘 수 있겠는가? 십부자를 만 리 타국으로 귀양 보내도록 하라."

당금애기 아버지는 그 명령을 받은 후에 집안 식구들과 모여 앉아 의논을 하였다. 그러나 '무슨 죄로 이렇게 되었을까, 무슨 죄가 있기에 이렇게 명령하시는가?' 하고 생각하여도 도무지 생각이 나질 않았다. 그

십부자十父子 당금애기의 아버지와 아홉 오라버니를 함께 말한 것이다.

런데 시간은 다 되어 천자의 명령을 수행하는 관리는 어서어서 가자고 당금애기 아버지를 재촉하였다. 어느 명령이라 안 갈 수도 없고, 가자 하니 귀여운 당금애기를 어찌하고 가나 하다가, 마침내 만 리 타국으로 떠나갔다.

당금애기는 아버지를 전송하려고 문간까지 따라 나갔다.

"당금애기 내 딸아, 아무쪼록 잘 있어라. 내가 만약 살아오면 너를 다시 만나 좋은 일을 이룰 것이되, 만약 살아오지 못하면 죽어 황천길에 나 가서 너를 다시 만나볼 터이니, 아무쪼록 잘 있어라."

당금애기 아버지는 한 발짝 걷고 눈물을 흘리고, 두 발짝 걷고 한숨을 쉬었다. 이렇게 한 걸음 한 걸음 가다 보니 자기 집은 점점 멀어지고 갈 길은 점점 가까워졌다. 이것을 바라보며 슬픔을 참던 당금애기는 마침내 그 자리에 엎드려 기절하였다. 금단춘, 옥단춘이 얼른 자기들의 상전인 당금애기를 모셔다가 후원 별당에 뉘어 놓고 간호하였다. 한참 만에 깨어난 당금애기가 '꿈이면 깨라, 생시면 어찌하나?' 하고서 이리 생각 저리 생각하였다. 그러나 해가 지도록 생각을 해도, 그날은 종일토록 자기 아버지의 목소리가 나지 않으니 그저 탄식할 뿐이었다.

'생시는 분명히 생시인데, 이 노릇을 어찌하나? 어찌하다가 이렇게 되었을까?'

하루는 당금애기 어머니가 당금애기에게 말하였다.

"내가 너를 낳을 적에 명산대천에 백일기도를 드려 낳았으니, 정성이 지극하면 되지 않는 일이 없다. 집에 그저 앉아서 너의 십부자가 올 때를 기다릴 수 없으니, 한 사람 앞에 백일기도 한 번씩을 바쳐 삼 년 작정으로 기도를 하러 갈 것이다. 너는 아무쪼록 집을 지키며 잘 있어라."

그러고는 삼 년 기도를 드릴 물건과 음식을 모두 갖추어 가지고 명산에 올라갔다.

'아버지와 이별하고, 어머니마저 이별하니 어찌 되려고 이리되었을까'

당금애기는 하릴없이 세월만 보낼 뿐이었다. 게다가 당금애기 올케들은 집안에 어른이 없고 가장이 없으니 한심하고 답답하여 '에라, 친가에나 다녀오리다' 하고 모두 친가로 돌아가 버렸다. 그렁저렁 팔십여 칸 너른 집에 살던 팔십여 명 식구가 다 빠져나가고 보니, 당금애기와 금단춘, 옥단춘 이렇게 단 세 명만 남게 되었다.

당금애기가 생각하니 기가 막혔으나 어찌할 수가 없었다. 솟을대문•을 모두 잠가 놓고 울타리 안에서만 살아도 몇 해를 살겠노라 해 보지만, 하루에도 몇 번씩 자기 부모가 생각나서 도무지 견딜 수가 없었다.

'내가 이러다가 병이 나서 고치질 못하고 죽으면 아버지, 어머니가 오셨다가 죽은 나를 보시고 얼마나 슬피 우실까? 이래서는 안 되겠구나.'

당금애기는 종이 한 장을 꺼내 놓고 먹을 갈아 '부모 보고 싶은 마음 잊어버리리라'라고 글씨를 썼다. 그러나 눈물이 앞을 가려 되려는 자字는 아니 되고 부모 이별 자만 되었다. '내가 이걸로도 못 잊겠구나' 하고 집어치우고 생각하더니 '아니 되겠구나. 수繡를 놓으며 잊어버리리라' 하고, 수틀을 내놓고 학의 날개를 수놓았다. 그러나 눈물이 앞을 가려 되려는 학의 날개는 아니 되고 부모 이별 수만 되었다. 그러자 '이걸로도 못 잊겠구나' 하고 집어치우기를 반복하였다. 당금애기는 이와 같이 하며 세월을 넘길 뿐이었다.

솟을대문 행랑채의 지붕보다 높이 솟게 만든 대문

여중군자가 분명하구나

서천국 금불암에서 내려온 석가여래는 서천국을 모두 휘돌아다니며 인심을 구경한 후에 조선 땅으로 건너왔다. 조선 땅으로 건너와서 살펴보니 작은 나라이지만 이름 난 나라라 하며 팔도강산을 구경 다녔다. 그러다가 한 곳에 당도하니 글귀 하나가 붙어 있었다.

'월백설백천지백, 산심야심객수심'•

'참, 그 글귀 잘 지었구나' 하고 자세히 보니 남자가 쓴 글씨가 아니라 여자가 쓴 글씨였다.

'여자가 쓴 글씨로는 참 잘 쓴 글씨로다. 여기에 여중군자•가 있나 보다. 한번 찾아보리로다.'

그러고는 면면촌촌 방방곡곡 다니면서 당금애기 집 앞에 이르러 대문을 바라보니 거기에도 역시 글귀 하나가 붙어 있었다.

'개문만복래, 소지황금출'•

'그 글귀 참 잘 지었구나' 하고 자세히 보니 그 역시 남자가 쓴 글씨가 아니라 여자가 쓴 글씨였다. '여기에 여중군자가 사는 게 분명하구나' 짐작하고, 그제야 대문을 바라보니 쉰 근들이 자물쇠가 덜컥 잠겨 있었다. 때문에 열쇠 없이는 도저히 그 문을 열 수가 없었다.

'장부일언중천금*이라 하였거늘, 한번 마음을 먹었다가 자물쇠로 잠근 문을 두렵다 하고 물러설 수는 없지. 여러 해 도를 닦아 사물의 깊은 이치를 깨달아 통하였는데, 그 문을 어찌 못 열까? 나의 진언眞言(주문)으로 아니 되면 우리 절의 부처님 도술로라도 한번 열어 보리로다.'

"정구업진언* 수리수리 마하수리 수수리 사바하……."

이와 같이 진언을 외고서 육환장을 머리 위로 쳐들어 한번 돌려 치니 동지섣달 설한풍에 백설이 펄펄 날리듯 대문이 열렸다. 이때 후원 별당 안에 있던 당금애기는 이날 이때까지 부모 보고 싶은 마음이 간절하다가 겨우 잊어버리고 지내는데, 밖에서 별안간 벼락 치는 소리가 나자 깜짝 놀랐다.

"아차, 이것 보아라. 이 소리가 웬 소리냐? 금단춘아, 네가 나가 살펴봐라."

금단춘이 후원 별당 문을 열고 나와 앉아서 보고 서서 보고 촘촘히 살펴보고 돌아와 말했다.

월백설백천지백月白雪白天地白, 산심야심객수심山深夜深客愁深 '달도 밝고 눈드 밝으니 천지가 밝고, 산도 깊고 밤도 깊으니 나그네 수심도 깊다'는 뜻이다.
여중군자女中君子 군자에 견줄 만한 여자를 말한다.
개문만복래開門萬福來, 소지황금출掃地黃金出 '문을 여니 온갖 복이 들어오고, 땅을 쓰니 황금이 나온다'는 뜻으로 입춘에 써 붙이는 입춘첩(立春帖)의 문구 가운데 하나이다.
장부일언중천금丈夫一言重千金 '대장부의 한마디는 천금보다 무겁다'는 뜻이다.
정구업진언淨口業眞言 불경인 『천수경(千手經)』의 제일 첫머리에 나오는 진언으로, 입으로 지은 업을 깨끗이 한다는 뜻이다.

“쥐도 감감, 새도 잠잠, 아무 기척이 없습니다.”

“아무것도 없다는 말이 웬 말이냐? 그러면 팔십여 칸 넓은 집에 우리 세 명만 남아 있으니, 도깨비가 모여들어 장난을 친 것이 분명하다. 이것쯤이야 내가 쫓아 버리리라.”

그러고서 도깨비 쫓는 진언을 외웠다.

“각항저방심미기 두우여허위실벽…….”*

이때 석가여래는 문을 하나 열고서 ‘아하, 그러면 그렇지. 아니 될 리가 만무로다’ 하고 안을 들여다보았다. 그러나 대문이 또 하나 잠겨 있었다. 그 문을 살펴보니 마흔 근들이 자물쇠로 잠겨 있었다.

‘쉰 근들이 자물쇠로 잠근 문도 열렸는데, 마흔 근들이 자물쇠로 잠근 문을 못 열까?’

그러고는 또 다시 진언을 외웠다.

“아약향도산 도산자최절…….”*

이와 같이 진언을 외고서 육환장을 머리 위로 쳐들어 한번 돌려 치니 마흔 근들이 자물쇠로 잠근 문이 덜컥 열렸다. 후원 별당 안에 있던 당금애기가 이 소리를 듣고 옥단춘에게 말했다.

“아차, 이것 보아라. 벌써 두 번째 소리가 나는구나. 이번에는 옥단춘이 네가 나가 살펴봐라.”

옥단춘이 후원 별당 문을 열고 나와 앉아서 보고 서서 보고 촘촘히 살펴보고 돌아와 말했다.

각항저방심미기角亢氐房心尾箕 두우여허위실벽斗牛女虛危室壁   『기문신장편(起門神將篇)』이라는 무경(巫經)에 나오는 구절이다.
아약향도산我若向刀山 도산자최절刀山自催折   불경인 『천수경』에 나오는 구절이다.

"쥐도 감감, 새도 잠잠, 아무 기척이 없습니다."

"그 소리가 웬 소리냐? 그러면 팔십여 칸 너른 집에 우리 세 명만 남아 있으니, 집터가 허술해서 귀신이 모여들어 장난을 치는 것이 분명하다. 그것쯤이야 내가 쫓아 버리겠다."

그러고서 귀신 쫓는 경문을 외웠다.

"천존지비 건곤정의, 비고이진 귀천위의……."•

이때 석가여래는 그 문을 열어 놓고 생각했다.

'아하, 그러면 그렇지. 아니 될 리가 만무로다. 마음만 먹으면 모두 되는구나.'

그러고는 기분 좋게 안을 들여다보니 대문이 또 잠겨 있었다.

'아하, 이것 보아라. 내가 미련하기 한량없구나. 이다지 큰 대궐집의 대문을 하나 둘로 생각한 내가 미련하였구나. 이 집이 열두 대문이 분명하구나. 이제 열 대문이 남았을 터이니 남자 마음 급한 마음 어찌하나? 별수 없다. 이 집이 열 대문이건 백 대문이건 잠겨 있는 대문 자물쇠가 진언 한 번에 다 열리도록 마음을 먹고 진언을 외워 보자. 되면 다행이고 안 되면 그만 두는 한이 있더라도 그렇게 한번 해 보자.'

이렇게 생각하고 온 힘을 다해 진언을 외웠다.

"신묘장구 대다라니• 나모라 다나다라하야……."

석가여래가 스물한 번 진언을 외고서 육환장을 머리 위로 쳐들어 한

천존지비天尊地卑 건곤정의乾坤定矣, 비고이진卑高以陳 귀천위의貴賤位矣 『주역』 계사상편(繫辭上篇) 제1장에 들어 있는 구절이다.
신묘장구神妙章句 대다라니 '신비하고 미묘한 글귀인 큰 다라니경'이라는 뜻이다. 『천수경』에 나오는 대다라니경을 말한다.

번 돌려 치니 구시월 설한풍에 곳곳마다 단풍잎이 펄펄 날리듯 열 대문이 열렸다. 그러고서 들여다보니 그제야 대청마루 끝이 보였다.

‘그러면 그렇지. 아니 열릴 리 만무로다. 그러나 나의 진언으로 열렸을까? 우리 절의 부처님 도술로 열렸을까? 부처님 도술로 열렸다면 너무하시는 일이지. 남의 집 잠근 문을 어찌하려고 열어 주시나?’

기분 좋게 걸어 들어가서 마지막 대문 돌쩌귀에 육환장을 기대 세워 놓고 왼손에 목탁을 들고 오른손에 목탁 채를 들고 또드락 똑똑 두드리며 시주를 청하였다.

후원 별당 안에 있던 당금애기가 말했다.

“아차, 이것 봐라. 벌써 세 번째 소리가 났다. 무슨 일이 있기는 있나 본데 너희들이 자세히 살피지 못하나 보다. 금단춘아, 앞에 서라. 옥단춘아, 뒤에 서라. 우리 셋이 다 같이 나가서 살펴보자.”

당금애기가 후원 별당 문을 열고 문간 쪽을 향해 보더니만 ‘애고머니나’ 하고 도로 뛰어 들어왔다.

“속담에 ‘양반의 티눈만도 못하다’*더니, 너희들 눈은 눈이 아니로구나. 분명히 있는 것을 두고 아무것도 없다 하니 어찌 된 일이냐?”

“아니에요, 아까는 없었어요. 지금은 저희들도 보았습니다.”

“그러면 그것이 사람인지 귀신인지 짐승인지 나는 도무지 분간할 수가 없으니 어서어서 알아 와라.”

금단춘이 무서운 것을 간신히 참고 나가 말하였다.

“사람이걸랑 말을 하고 짐승이걸랑 물러가고 귀신이걸랑 도망가라.”

그러자 석가여래가 답하였다.

“너는 어찌 그런 말을 하느냐? 내가 관상을 보니 너는 금단춘이 분명하구나. 네 집이 산천초목이 아닌데 짐승이 올 리 만무로다. 네 집이 공동묘지가 아닌데 귀신이 올 리 만무하다. 네 집의 너도 사람이고 나도 사람이라 찾아왔노라.”

양반의~못하다 상놈의 눈은 사물의 분별력이 모자라다는 뜻이다. 티눈은 발가락 사이나 발바닥 등에 생기는 무사마귀 비슷한 굳은살이다.

밑 빠진 바랑

"사람이면 무슨 일로 찾아왔습니까?"

"나는 서천국 금불암에서 온 중이다. 우리 절의 부처님은 앉아서 삼천 리, 서서 구만 리를 내다보시며, 여러 인간을 도우는 자비심 있는 부처님이시다. 그런 까닭으로 너의 집을 내다보시고는 나의 꿈에 나타나 '네 집의 상전 십부자가 타국으로 귀양을 가 근심하는 일이 있으니 거기 가서 쌀 서 되 서 홉 시주를 받아다가 정성을 드리면 빨리 풀려 나오리라' 하셨다. 그러기에 먼 길을 마다하고 너의 집에까지 찾아왔다. 그러니 군말 말고 어서 바삐 쌀 서 되 서 홉을 시주하라."

금단춘이 당금애기에게 돌아가 그대로 아뢰었다.

"분명히 사람은 사람인데요. 어찌 그리 우리 집 내용을 잘 알아내는지 모르겠어요. 우리 집 상전 십부자가 타국으로 귀양 간 것을 어찌 알고 쌀 서 되 서 홉을 시주하면 속히 풀려 나오게 정성을 드려 준다고 하였습니다. 어서 바삐 시주하라 하니 어찌하시렵니까?"

당금애기는 자기 부모를 위해 정성을 드려 준다는 말에 귀가 번쩍 뜨였다.

"그렇다면 마루 뒷문 쪽에 먹던 쌀이 있으니 서 되 서 홉을 후히 떠다 시주하여라."

금단춘이 쌀 서 되 서 홉을 떠다 중에게 시주를 하였다.

"그 쌀은 안 된다. 우리 절의 부처님은 먹던 쌀은 절대로 아니 받으시니, 그 쌀은 못 받겠다."

"우리 집에는 먹던 쌀밖에 없으니 어찌하렵니까?"

"아니, 나를 속여? 귀신을 속이지. 너의 집에 어째 먹던 쌀밖에 없단 말이냐? 열두 광문 안에 너희 상전들 명쌀독*이 있는데, 거기에도 먹던 쌀을 부어 두었겠느냐?"

"열두 광문이 잠겼는데 어찌 열고 떠오란 말이오?"

"열두 대문을 열었는데 열두 광문쯤이야 못 열까? 너의 상전 당금애기가 광문 앞에 가 섰으면 자연히 문이 열릴 것이다."

금단춘이 당금애기에게 이 말을 전하니, 당금애기가 열두 광문 앞에 가 서서 문이 열릴 때를 기다렸다. 그러나 아무리 기다려도 열리지 않자 금단춘에게 다시 알아 오라고 명하였다.

"열두 광문을 열어 준다더니 아니 열리니 어쩐 뜻이오?"

"그것도 정성인데 힘을 아니 들이고 되겠느냐? 그 문을 열자 하면 우선 상탕에서 머리 감고, 중탕에서 목욕하고, 하탕에서 손발을 씻어야 한다. 그리고서 새 의복을 갈아입고, 옷차림을 가지런히 한 뒤 정화

명쌀독 명(命)을 비는 뜻으로 쌀을 넣어 둔 독

수를 떠다 정성을 드리면 그 광문이 열릴 것이다."

당금애기가 이 말을 전해 듣고, 중의 말대로 정성을 드리고 나니 열두 광문이 열렸다. 그래서 총총걸음*으로 들어가서 자기 아버지와 오라버니들의 명쌀독에서 각각 한 되 한 홉씩의 쌀을 걷어 내니 서 되 서 홉은 충분히 되었다. 그런데 그 쌀을 가지고 나와 문을 닫으려고 돌아다보면 잠겨 있고, 또 하나 나와 닫으려고 돌아다보면 잠겨 있었다. 이렇게 열두 광문을 다 나와서 돌아다보니 언제 누가 열었나 싶게 그대로 모두 잠겨 있었다. 당금애기가 '참 이상하고도 괴상한 일이로구나' 하며 쌀을 금단춘에게 주었다.

금단춘이 쌀을 받아 중에게 시주하려 하니, 중이 또 거부하였다.

"안 된다, 안 된다. 우리 절의 부처님은 누리고 비린 것은 절대로 받지 않으신다. 너의 부모가 너를 가질 때에 비린 것을 많이 먹고 가졌기 때문에 비린 부정을 타서 안 된다."

금단춘이 할 수 없이 당금애기에게 이 말을 알렸다. 이에 옥단춘에게 시주를 시키니 중은 이번에도 시주받기를 거부하였다.

"내가 관상을 보니 너는 옥단춘이 분명하구나. 우리 절의 부처님은 누리고 비린 것은 절대로 받지 않으신다. 너의 부모가 너를 가질 때에 누린 것을 많이 먹고 가졌기 때문에 누린 부정을 타서 안 된다."

"그러면 금단춘이나 내가 주는 쌀을 받지 않으면 누가 주는 쌀을 받으려느냐?"

"너희 둘만 사람이고 네 상전 당금애기 씨는 사람이 아니란 말이냐?"

"우리가 있는데 우리 상전 당금애기 씨더러 시주하란 말이 웬 말이오? 어서 가오, 바삐 가오."

"내가 이 쌀을 받아서 가야지, 그냥 가면 너희 상전들 나오실 길이 전혀 없다. 내가 간 지 삼 일 만에 집안에 좋지 않은 일이 또 있을 터이니, 줄 테면 주고 말 테면 말거라."

옥단춘이 어찌할 수 없어 이 말을 전하니, 당금애기가 말했다.

"별수 없다. 금단춘이 앞에 서라. 옥단춘이 뒤에 서라. 말을 주고받는 것은 내가 할 테니, 쌀일랑은 너희들이 부어 주거라."

당금애기가 긴 명주치마를 잘잘 끌리게 입고 금단춘이, 옥단춘이를 앞뒤로 세우고서 후원 별당 문을 열고 총총걸음으로 나오면서 보니, 108세나 되어 보이는 노인 중이 서 있었다.

"어디서 오신 스님인지는 모르겠습니다만, 내 집을 위하여 오셨다 하니 참 대단히 고마운 일입니다. 이 쌀은 내가 주는 쌀이니 염려 말고 받아다가 정성이나 잘 드려 주십시오."

당금애기의 말이 끝나자 금단춘이 쌀을 중의 바랑에 부으려고 하였다. 그러자 중이 화를 벌컥 내었다.

"너는 어찌 그리 남 대신하는 것을 좋아하느냐? 남 대신하기를 좋아하거들랑 변소에 가는 것도 대신 가 봐라. 저승 가는 것도 대신 가 봐라."

당금애기가 중의 행동을 보더니 '말을 주고받는 것이나, 쌀을 부어 주는 것이나 똑같다'고 생각하고, 그 쌀을 금단춘에게 뺏어서 중의 바랑에다 부어 주었다. 그러나 바랑에는 쌀이 하나도 담기지 않고 땅으로 몽땅 쏟아졌다.

"미련한 중 다 보았네. 시주를 다니려면 성한 바랑을 가지고 다닐 일

총총걸음 발을 가까이 자주 떼며 급히 걷는 걸음인 '종종걸음'의 거센 말이다.

이지, 밑 빠진 바랑에다 무슨 쌀을 담으려 하오?"

"내가 미련한 것이 아니라오. 성한 바랑을 가지고 다닐 팔자라면 중노릇을 할 리 없지요. 중노릇을 할지라도 성한 바랑을 가지고 다닐 것 같으면 하고많은 집을 다 제쳐 놓고 하필 잠근 문을 열고 들어올 까닭도 없지요."

당금애기는 중의 바랑을 뺏어 가지고 자기 방에 들어갔다. 그런 뒤에 자기 치마폭을 쭉 뜯어 그 바랑을 눈 깜짝할 사이에 기워 가지고 나왔다. 그러고는 금단춘, 옥단춘에게 비와 키를 가져오라고 했다.

"안 됩니다, 안 됩니다. 우리 절의 부처님은 비 끝, 키 끝이 간 곡식은 절대로 받지 않습니다."

"세상의 곡식 치고 비 끝, 키 끝이 가지 않은 곡식이 어디 있다더냐?"

"그건 그렇지요. 그러나 뭐든지 보면 부정하고, 보지 않으면 깨끗하다는 말과 같이 보지 않은 데서는 별짓을 다 했어도 상관없지마는 나 보는 데서는 안 됩니다."

그러자 당금애기가 청하였다.

"그러면 이 쌀은 쓸어다 우리가 먹을 터이니, 광문을 다시 한 번 열어 주시오. 다시 떠다가 시주하겠소."

"똑똑하고 똑똑하신 당금애기 씨, 어찌 그런 말씀을 하십니까? 아버지를 둘 둔 자식이 아니거늘 한 입으로 어찌 두 말을 하십니까? 하던 정성이 안 되면 그만이지, 다시란 말은 없습니다."

광대싸리
스물한 개로 드린 정성

"그러면 서 되 서 홉이나 되는 쌀을 어떻게 시주해야 지극한 정성이 된단 말이오?"

"이 쌀을 지극한 정성이 되게 하자면 후원 동산에 나가 광대싸리 스물한 개를 꺾어 오십시오. 그것으로 젓가락을 만들어 주워 담으면 지극 정성이 될 것입니다."

"중의 버릇 다 그러냐? 중의 행실 다 그러냐? 남의 집 규중처자•를 문밖에까지 나오게 한 것만도 뭐한데 후원 동산까지 가란 말이 웬 말이냐? 광대싸리는커녕 무당싸리도 난 모르겠다."

"줄 테면 주고 말 테면 마십시오. 내가 이 쌀을 받아다가 정성을 드려야 망정이지• 그냥 간다면 당신은 부모와 영영 이별할 것입니다. 그리

규중처자閨中處子 집안에 들어앉아 있는 처녀로 규중처녀라고도 한다.
정성을~망정이지 '정성을 드려야 일이 잘 되지'의 뜻이다. '망정'은 '망정이지'의 꼴로 괜찮거나 잘된 일이라는 뜻으로 쓰인다.

고 내가 간 지 삼 일 만에 집안에 무슨 나쁜 일이 또 생길 것입니다."

당금애기는 부모 말만 나오면 눈은 캄캄하고 가슴은 답답하여, 아무 경황이 없을 정도였다. 그래서 '에라, 별수 없다. 바람도 쐴 겸 바깥 구경도 할 겸 한번 나가 보리라' 하고 열두 대문 밖을 나와 눈을 크게 뜨고 내다보며 후원 동산에 올라갔다.

'조선 땅이 작다 하더니만 내 눈이 모자라도록 내다봐도 끝이 아니 뵈는구나.'

때는 마침 시월의 절기가 늦은 때라, 동산에는 산국화가 만발하여 있었다. 당금애기는 잎은 뜯어 입에 물고, 꽃은 꺾어 머리에 꽂고 자탄을 하였다.

'네 신세나 내 신세나 똑같구나. 우리 부모님께서 젊었을 때에 나를 낳으셨으면 벌써 곱게 자라 좋은 경사를 이루셨을 텐데 오십 나이에 낳아 길러 이런 고생만 하는구나. 네가 따뜻한 일기日氣 다 버리고 추운 때에 피어 가지고 아침저녁 발발 떠는 것을 보니, 네 신세나 내 신세나 똑같구나. 네 팔자 내 팔자 두 팔자를 합하고 보니 이팔에 십육, 열여섯 살에 이런 고생이 또 어디 있나? 제갈공명* 선생은 어디 가셨나? 내 팔자를 일찍 알려 줄 일이지.'

이렇게 자탄하면서 이 싸리 저 싸리 다 젖혀 놓고 광대싸리만 골라 다니며 스물한 개를 꺾어 들고 집으로 내려와 중에게 던졌다.

"옜다, 이게 광대싸린지 무당싸린지 난 모르겠다."

"틀림없는 광대싸리만 꺾어 오셨습니다. 똑똑하시고 똑똑하신 당금 애기 씨."

당금애기가 금단춘과 옥단춘을 불러서는 함께 주워 담자고 하자 중이 말했다.

"안 됩니다. 우리 둘이 하는 정성, 저 사람들이 끼어들면 부정을 타서 아니 됩니다."

당금애기가 할 수 없이 앉아서 그 쌀을 주워 담는데, 중은 한 개 주워 담고 광대싸리를 꺾어 버리고 두 개 주워 담고 광대싸리를 꺾어 버리는 것이었다.

"아니, 이 스님아. 애써 꺾어 온 광대싸리를 한 개 주워 담고 꺾어 버리고, 두 개 주워 담고 꺾어 버리오. 그런 식으로 해서 이 쌀을 다 주워 담자면 몇 짐을 꺾어 드려도 못 당하겠구려."

"똑똑하고 똑똑하신 당금애기 씨, 어찌 그런 말씀을 하십니까? 당금애기 씨는 부친의 진짓상을 차릴 때 잡숫던 식기를 씻지도 않고 그냥 내놓으시는지요?"

당금애기가 스님의 말을 듣고 보니 그도 그럴듯하여 할 수 없이 쌀을 주워 담았다. 그런데 광대싸리는 다 꺾어 버렸는데, 바랑에는 쌀이 한 톨도 담겨 있지 않았다.

"아니, 이 스님아, 아까는 밑 빠진 바랑이라 쌀이 담기지 않았소. 그래서 내가 분명히 기웠는데, 이번에는 왜 담기지 않는 거요?"

"그거야 날더러만 나무라면 어찌합니까? 우리들의 정성이 부족하여 담기지 않는 걸 어찌합니까?"

"그러면 어찌해야 쌀이 바랑에 담기겠소?"

제갈공명諸葛孔明 제갈량(諸葛亮, 181~234년)의 성(姓)과 자(字)를 함께 이르는 말이다. 제갈량은 중국 삼국 시대 촉한(蜀漢)의 정치가이자 뛰어난 군사 전략가로 유비(劉備)를 도와 오(吳)나라와 연합하여 조조(曹操)의 위(魏)나라 군사를 대파하고, 파촉(巴蜀)을 얻어 촉한을 세웠다.

"이 쌀을 바랑에 담으려면 우선 당신 아버지의 식기와 수저를 내오십시오. 그런 다음 식기와 수저로 쌀을 주워 담아 바랑에 부으면 쌀이 담기게 될 것입니다."

"남의 식기와 수저를 내오란 말이 웬 말이오?"

"사람이 나가 살아오실지 죽어 오실지 모르는 지금, 그릇만 위하고 있으면 뭐합니까?"

당금애기가 생각해 보니 그도 그럴듯하였다. 당금애기는 할 수 없이 금단춘에게 자기 아버지의 식기와 수저를 내오라고 하였다. 그런 다음 식기와 수저로 쌀을 주워 담아 바랑에 부으니 그제야 담기기 시작하였다. 이렇게 해서 쌀을 다 주워 담고 보니, 어느새 해는 서쪽으로 지고 동쪽에서 달이 솟아나고 있었다.

하룻밤
머물기를 청하다

당금애기는 쌀을 다 주워 담고 일어섰다. 그때 별안간 세찬 바람이 일더니 중의 떨어진 청포장삼°이 펄펄 날려 당금애기의 어깨에 얹히고, 당금애기의 치마폭은 펄펄 날려 중의 어깨에 얹혔다. 당금애기가 중을 꾸짖었다.

"미련한 스님 다 보았네. 남녀유별°도 모르는가?"

"물론 압니다. 그러나 당금애기 씨가 조금 비켜났으면 됐을 일 아닙니까?"

"그도 그럴듯하오. 그러나 저러나 해는 지고 달은 솟아 밤이 되었으니 어서 가오, 바삐 가오."

"똑똑하고 똑똑하십니다. 해가 지면 달이 솟는 줄 어찌 알며, 달이 솟으면 밤이 되는 줄 어찌 아십니까? 그러나 저러나 우리의 풍속과는 매우 다릅니다. 우리 서천국에서는 들밭에 나갔다가도 해가 져서 밤이 되면 사람 사는 곳에 찾아와서 밤을 샙니다. 그런데 여기서는 사람 사는 곳에 왔다가 밤이 되면 들밭으로 나가라고 하는군요. 저에게 문간이라도 잠깐 빌려 주면 새고 가든 자고 가든 이 밤을 넘기고 가겠습니다."

당금애기가 하도 귀찮고 괴로운 생각이 들어 문간을 허락하고 들어가려 하는데, 중이 말했다.

"미안하오, 당금애기 씨 미안하오. 여기서는 못 자겠습니다."

"거기서 왜 못 자오?"

"여기서 밤을 새려 하였더니 멀고 가까운 곳에서 나는 스리가 두려워서 못 자겠습니다. 안마당을 잠깐만 빌려 주시면 오늘밤을 새고 가겠습니다."

당금애기가 생각하여 보더니, 문간을 주나 마당을 주나 똑같았다. 그래서 마당을 허락하니, 중이 촘촘히 안마당을 살피고는 말했다.

"미안하오, 당금애기 씨 미안하오. 여기서 자려 하였더니 벼락을 관장하는 신이 두려워 못 자겠습니다."

"그러면 어디서 자려 하오?"

"나에게 마루를 빌려 주면 편히 자고 가겠습니다."

당금애기가 마루를 허락하니, 중은 이번에도 촘촘히 살피고 말했다.

"미안하오. 여기서도 못 자겠습니다."

"거기서는 왜 못 자오?"

"여기서 자려 했더니 성주신•과 터주신•이 두려워 못 자겠습니다."

청포장삼靑布長衫 푸른 빛깔의 베로 만든 중의 웃옷
남녀유별男女有別 유교 사상에서, 남자와 여자 사이에 분별이 있어야 함을 이르는 말이다.
성주신 집의 건물을 수호하는 신
터주신 집터를 관장하는 지신(地神)

"우리 집이 팔십여 칸 너른 집인데, 실낱같은 그대 몸 하나 잘 곳이 없으니 초가삼간만도 못하구려. 어서 가오, 바삐 가오."

"제 생각으로는 잘 곳이 딱 한 군데 있는데, 당금애기 씨께서 허락할는지 모르겠습니다."

당금애기는 점차 귀찮고 괴로운 생각이 더 들었다. 그래서 허락할 곳이면 허락하고 못할 곳이면 못하겠다며 바로 말을 하라고 재촉하였다.

"나에게 후원 별당을 빌려 주면 오늘밤을 새고 가겠습니다."

당금애기가 그 소리를 듣더니만 천둥같이 호령하였다.

"부모 이별, 너에게 책임지란 말은 안 할 테니, 어서 가라, 바삐 가라. 피를 나눈 형제가 아닌데 그곳을 주란 말이 웬 말이냐? 집안 식구도 아닌데 한방을 쓰자는 말이 웬 말이냐? 어서 가라, 바삐 가라."

"후원 별당이 한 칸 반 아닙니까? 한 칸에다 병풍 치고 세 명이 자고, 반 칸은 나에게 주면 남녀 간의 구별이 분명하지 않습니까?"

당금애기가 생각하여 보니 그도 그럴듯하였다. 그래서 할 수 없이 금단춘과 옥단춘에게 후원 별당에 병풍을 치라고 한 뒤 중에게 들어오라고 하였다.

덮고 자던 이불은 간 데가 없고

중은 그제야 신발을 벗어 놓고 들어가 방 안을 살폈다. 당금애기의 방은 참으로 볼만하였다. 동쪽 벽 위에는 푸른 학이 쌍쌍이 그려져 있고, 남쪽 벽 위에는 붉은 학이 쌍쌍이 그려져 있었다.

당금애기는 방 아래 칸에 들고 중은 방 위 칸에 들었다. 이때 금단춘, 옥단춘이 저녁상을 차려 들여왔다. 은으로 만든 작은 상에 은으로 만든 밥그릇과 은으로 만든 수저가 놓인 칠첩반상* 차림이었다.

"저 스님에게도 저녁을 주거라."

금단춘과 옥단춘이 중의 저녁상을 차리는데, 중 때문에 종일토록 고생한 생각이 났다. 그래서 특별히 차리느라고 귀 떨어진 개다리소반에, 절뚝발이 나무젓가락에, 끝이 다 닳은 숟가락에, 지게를 짊어진 파리가

칠첩반상　밥그릇, 국그릇, 대접, 쟁반, 조치, 보시기 각 하나씩과 종지 셋, 접시 일곱으로 한 벌이 되는 반상기를 말한다.

들랑날랑하게• 밥을 한 사발 담아 중의 저녁상을 차려 주었다. 그 상을 받은 중이 병풍을 걷어치우고 안방으로 내려서며 말했다.

"아차, 놓쳤구나. 이것도 내 복에 닿지 않아서 놓쳤구나."

당금애기가 깜짝 놀라 쳐다보았다. 자기 눈으로도 차마 볼 수 없는 저녁상이 놓여 있었다. 이에 금단춘과 옥단춘을 불러 호령하였다.

"어찌 인간 차별을 그리하느냐? 너희들은 어찌하여 사람을 얕잡아 보고 저리 형편없는 음식을 대접하느냐? 나는 너희만 못하여서 종일토록 저 스님의 시중을 들었단 말이냐? 못하느니, 못하느니, 인간 차별 못하느니, 음식 차별 못하느니."

당금애기는 그 상을 내어 주며 다시 저녁상을 차려 주라고 하였다. 금단춘과 옥단춘은 상전의 명령을 안 들을 수 없어 중의 저녁상을 다시 차려다 주었다. 중은 그제야 저녁상을 받아 놓고 아미타불 관세음보살 하며 저녁밥을 먹었다.

당금애기와 중은 저녁상을 물리고, 그대로 그 자리에 누워 잠이 들었다. 당금애기는 후원 동산까지 갔다 왔기 때문에 몸이 피곤하였다. 그래서 그대로 누워 잠을 자고 있는데 삼경 무렵에 청룡과 황룡이 여의주를 다투며 하늘로 올라가는 꿈을 꾸었다. 꿈을 꾸다 깨고 보니 금단춘과 옥단춘은 그때까지 앉아 풍계묻기, 자수묻기를 하며 밤 시간을 넘기고 있었다.

"어느 때나 되었느냐?"

"예, 삼경이 되었습니다."

지게를~들랑날랑하게 밥을 꾹꾹 눌러 담지 않고 살살 퍼서 담았다는 뜻이다.

"그러면 꽤 오래 되었으니 어서 자자꾸나."

당금애기는 금단춘은 앞에 누이고 옥단춘은 뒤에 누이고 촛불을 돋우어 머리맡에 놓고 잠을 잤다.

그런데 오경에 하늘나라 선녀가 내려와서 당금애기에게 구슬 세 개를 주었다. 당금애기는 구슬의 몸이 곱고 빛도 좋아 손에 담뿍 쥐어도 보고, 입에 담뿍 물어도 보고, 옷고름에 넣어도 보고, 허리춤에 넣어도 보다가 잠에서 깼다. 역시 꿈이었다.

이처럼 연달아 꿈을 꾸니, 당금애기가 '오늘밤은 이상도 하다' 생각하고는 머리맡을 보니 촛불이 꺼져 있었다.

그런데 다시 촛불을 돋우고 보니, 자기가 덮고 자던 처네*는 간 곳이 없고 중의 다 떨어진 청포장삼을 자기가 덮고 있었다.

'이게 무슨 일인가.'

당금애기는 의아해하며 병풍을 걷어치우고 중을 보았다. 그랬더니 중이 자기가 덮고 자던 처네를 깔고 덮은 채 자고 있었다.

당금애기가 자기의 처네를 버럭 잡아당기면서 꾸짖었다.

"중놈의 버릇 다 그러냐? 중놈의 행실 다 그러냐?"

중이 깜짝 놀라 일어나며 말했다.

"내가 무슨 죽을죄라도 졌다고 이다지 무례하게 잠을 깨웁니까?"

"아니, 이 중아. 남의 집의 지체 높은 처녀가 덮고 자는 처네를 어찌 갖다 덮고 자느냐?"

"저는 빛도 좋고 탐도 나서 깔고 덮고 잤거니와, 당신은 저의 떨어진 청포장삼이 뭐가 그리 탐이 나서 깔고 덮은 채 잤습니까?"

"내가 그것이 탐이 나서 그런 것이 아니다. 하느님이 어떤 짐승을 시켜서 그리하셨나 보다.”

　그러자 저 중도 똑같은 말을 하는 것이었다.

　“나도 이것이 탐이 나서 그런 것이 아닙니다. 하느님이 어떤 짐승을
시켜서 그리하셨나 봅니다.”

처네　덧덮는 얇고 작은 이불

청룡 황룡이
여의주를 다투니

당금애기가 할 수 없어 중이 빨리 떠나기를 재촉하였다.

"어서 가라, 바삐 가라."

"가기는 가겠으나, 찾을 일이 있을 터이니 저의 주소와 이름을 잊지 마십시오. 저는 서천국 금불암에 사는 중입니다. 이름은 석가여래, 나이는 갑자생, 생일은 사월 초파일 오시 탄생입니다. 그러니 잊지 말고 찾으십시오."

"너를 찾을 이유가 없다. 한집안의 식구도 아닌데 너를 찾을 이유가 없다. 형제간도 아닌데 너를 찾을 이유가 없다. 그러니 어서 가라, 바삐 가라."

"가기는 가겠으나 당금애기 씨가 삼경쯤 되어 꿈꾼 일이 있을 터이니, 꿈 얘기를 하여 주면 해몽이나 하고 가겠습니다."

"남의 집 귀한 처녀가 꿈을 꿨든, 무얼 했든 네가 무슨 상관이냐? 어서 가라, 바삐 가라."

"여자로서 남자 앞에 꿈 이야기를 하기가 어려워서 못할 터이니 꿈 얘기도 제가 하고 해몽도 제가 하겠습니다. 당금애기 씨가 삼경쯤 되어 꿈을 꾸되 청룡, 황룡이 여의주를 다투어 가며 하늘로 올라가지 않았습니까?"

당금애기는 남이 꾼 꿈 내용을 알아낸 것이 하도 이상하여 물었다.

"그러면 그 꿈이 무슨 꿈이오?"

"그 꿈은 다른 꿈이 아닙니다. 청룡은 그대 직성*, 황룡은 제 직성입니다."

"아니 청룡은 내 직성, 황룡은 너의 직성이라면 한데서 흐트러져 가며 하늘로 올라가는 것은 무슨 뜻이냐?"

"저는 서천에 살고, 당금애기 씨는 조선에 사는데 한방에서 병풍을 사이에 두고 잠을 자다가 처녜를 다투는 뜻은 무슨 뜻입니까? 이걸로 다 설명이 된 듯합니다."

"그러면 오경쯤 되어 꿈을 꾸었는데 그땐 무슨 꿈을 꾸었겠소?"

"당금애기 씨가 밤 오경쯤 되어 꾼 꿈은 하늘나라 선녀가 내려와서 주는 구슬 세 개를 받아 들고 몸도 곱고 빛도 좋아 두 손에 쥐어도 보고, 입에 물어도 보고, 옷고름에 넣어도 보고, 허리춤에 넣어도 보다 깬 것이 아닙니까?"

"그럼, 그 꿈은 무슨 꿈이오?"

"그 꿈은 세쌍둥이를 잉태할 꿈입니다."

당금애기가 열이 벌컥 나서 베고 자던 베개를 내던지며 말했다.

직성直星 사람의 행년(行年)을 따라 그의 운명을 맡은 별

"중놈의 행실 다 그러냐? 중놈의 행실 다 그러냐? 어서 가라. 바삐 가라. 남의 집 귀한 처녀 보고 세쌍둥이를 잉태할 거란 말이 웬 말이냐? 어서 가라. 바삐 가라."

"가기는 가겠으나 저를 찾을 일이 있을 것입니다. 제가 간 지 칠 년 후에 저를 찾을 일이 있을 터이니 주소와 이름을 잊지 마십시오. 저는 서천국 금불암에 사는 성은 왕가요, 이름은 석가여래, 나이는 갑자생, 생일은 사월 초파일 오시 탄생이니 잊지 말고 찾으십시오."

"널 찾을 이유 없다. 어서 가라. 바삐 가라."

중은 그제야 가겠노라고 하였다. 중이 신발을 부스럭부스럭 신을 때, 당금애기는 중의 가는 자취를 보려고 밖으로 나갔다. 그러나 중은 온데 간 데 없이 갑자기 사라지고 없었다. 당금애기는 중이 자기 앞에 있을 적에는 마음에 든든한 느낌이 들더니, 눈에 보이지 않자 갑자기 무서운 생각이 들었다. 그래서 금단춘, 옥단춘을 깨워 말했다.

"저 중이 간다고 나가더니 별안간 온 데 간 데 없이 사라졌구나. 팔십여 칸 너른 집 어딘가에 숨어 있다가 무슨 해코지를 하면 어쩌겠느냐? 우리 촛불을 밝혀 가지고 찾아보자."

세 사람은 이리저리 사방을 찾아보았으나 중의 간 곳을 찾을 수 없었다. 문간에 나가 보아도 대문을 누가 열었냐는 듯 그대로 모두 잠겨 있었다. 세 사람은 그제야 중의 간 자취를 도무지 알 수 없어 '하늘로 날아 올라갔나 보다' 하며 그날 밤을 샜다.

그립던 아버지가
귀양에서 풀려났건만

다음 날은 바로 시월 십육일, 당금애기의 생일이었다. 금단춘과 옥단춘은 당금애기의 생일상을 차려 올렸으나, 당금애기는 전날 밤 석가여래에게서 들은 소리 때문에 분한 마음이 도무지 풀리지 않았다. 그래서 밥을 하나도 먹지 못하고서 그대로 상을 물리고 종일토록 분한 마음으로 지냈다.

하루 이틀 지나도 그 분한 마음이 도무지 풀리지 않았다. 그런데 그때부터 몸이 피곤해지고 밥맛을 잃어 제대로 먹지를 못했다. 중동仲冬(음력 십일월)이 되자 당금애기는 금단춘과 옥단춘에게 말했다.

"금단춘아, 옥단춘아. 이것이 웬일이냐? 나의 몸이 점존 쇠약해지고 밥맛을 잃어 점점 먹지 못하니 병이 드는 모양이다. 이제 큰일이 나겠구나."

한 달 두 달 석 달이 되니, 금단춘과 옥단춘을 불러 다시 갈했다.

"금단춘아, 옥단춘아. 불에 익힌 음식에서 생쌀내가 웬일이냐? 맑은 물에서 해감내*가 웬일이냐? 동지섣달 설한풍에 풋대추 좀 구할 수 없나? 머루, 다래 없거든 뿌리라도 캐어 들여라. 다려 먹자."

섣달이 다 지나고 해가 바뀌어 정월달이 되자 당금애기는 점점 몸이 피곤해져서 병석에 눕게 되었다. 병석에 눕고 보니 모든 것이 처량하게 들려왔다. 이월달이 되어도 그 처량함은 금할 수 없었다. 삼월달이 되자 강남 갔던 제비들의 지절지절하는 소리가 귀에 처량하게 들려왔다. 잎은 피어 청산靑山 되고 꽃은 피어 화산花山 되니, 이 산 저 산에서 꾀꼬리 지저귀는 소리가 귀에 쟁쟁 들려왔다. 당금애기는 더욱더 처량하고 가련한 생각이 들었다. 그래서 어느 때에나 부모님이 오시려나, 내가 만일 죽은 뒤에 오시면 그 슬픔이 얼마나 클까 생각하며 세월을 보낼 뿐이었다.

어느덧 사월 초파일이 되어 당금애기 어머니가 삼 년 기도를 다 채우고 돌아오고, 귀양 갔던 아버지와 오라버니들은 귀양에서 풀려 나오게 되었다. 귀양에서 풀려나 집에 돌아온 당금애기 아버지는 문간에서부터 당금애기를 찾았다.

"당금애기, 내 딸아! 어여뻐라, 귀여워라 하며 기르던 내 딸아! 어서어서 나오거라. 이제야 아비가 왔다. 삼 년 동안의 고생을 어찌하였느냐? 어서어서 나오거라."

당금애기 아버지는 별별 말을 다 하며 집 안에 들어왔다. 그러나 아무런 기척이 없었다. '이게 웬일이냐' 하며 후원 별당 문을 열고 들여다보았다. 그러자 당금애기가 몸이 깍짓동*만 해져서 드러누워 눈물을 흘리면서 말 한마디를 못하였다. 당금애기 아버지가 깜짝 놀랐다.

"웬일이냐? 네가 웬일이냐? 나를 보고 싶은 마음이 병이 되어 그다지 병이 컸구나. 이제 안심하여라. 내가 왔으니 이제 네 병을 고쳐 주마.”

당금애기 아버지는 마음을 가라앉힌 뒤 사방에 소문을 내어 용하다는 사람을 다 청하여 보았다. 그러나 맥장이는 맥을 보고서 ‘나는 그 맥 모르겠소’ 하고, 침장이는 혈을 보고서 ‘나는 그 침 못 놓겠소’ 하며 물러앉았다. 안다는 사람을 다 불러들여도 모른다고만 하지 안다는 사람은 하나도 없었다.

당금애기 어머니는 하도 궁금하고 답답하여 돈 천 냥을 가지고 ‘어디 가서 문복이나 하여 보리다’ 하고 곽박• 선생을 찾아갔다.

“내 딸이 작년 시월 십오일 날 병이 들어 약을 써도 백약이 무효라네. 어찌하여 그 병이 들었는지 자세히 알고자 하니 어서 바삐 점을 쳐 주게나.”

곽박 선생이 점치는 상에 돈 천 냥을 얹어 놓고 모서리가 여덟 개인 산통•을 높이 쳐들어 점을 쳤다. 그러고는 점괘를 풀더니, 자기도 그 이유를 도무지 모르겠다고 하는 것이었다.

당금애기 어머니가 애원조로 말했다.

“자네가 모른다고 하면 누가 알아? 그러지 말고 점괘대로 얘기하면 될 것이 아닌가?”

해감내 물속에 생기는 찌꺼기인 해감의 썩은 냄새
깍짓동 콩이나 팥의 깍지를 많이 묶어 세운 동. 몹시 뚱뚱한 사람의 몸집을 비유한다.
곽박郭璞 중국 서진(西晉) 말에서 동진(東晉) 초의 학자로 시문과 점술에 뛰어났으며, 『목천자전(穆天子傳)』, 『초사(楚辭)』, 『산해경(山海經)』 등을 주석하였다. 한국설화나 신화에서는 점을 잘 치는 사람으로 등장한다.
산통算筒 붓으로 점괘를 쓴 긴 대나무 산가지가 들어 있는 통. 뒤집어 흔들어 구멍으로 빠져 나오는 산가지 한 개를 풀이해 길흉을 예견하는 점치는 도구이다.

"그러면 용서하시지요. 점괘가 잘못 나는지는 모르겠으나 점괘대로 말씀드리겠습니다. 작년 시월 십오일 날 서천에 사는 중 하나가 하루 저녁 자고 간 일 밖에는 나오지 않습니다."

당금애기 어머니는 그 소리를 듣더니만 말 한마디 못하고서 그대로 돌아앉아 혼잣말을 하였다.

"사주팔자는 못 속이는구나! 사주팔자는 못 속이는구나! 내가 그 딸을 낳기 전에 관상을 보든 사주를 보든 중 사위를 둘 팔자라 하더니 어찌 그리 맞아 가나."

그러면서 집으로 돌아가 당금애기 아버지 앞에 가서 '여차여차 하옵니다' 말하였다. 당금애기 아버지는 그 소리를 듣더니만 금단춘과 옥단춘을 불러다가 형틀에 높이 올려 앉혀 놓고 사정없이 매를 때렸다. 금단춘과 옥단춘은 매를 이기지 못하고 곧바로 말을 하였다.

"저희들은 아무 죄도 없습니다. 작년 시월 십오일 날 어디에 사는 중 하나가 찾아와서 자고 간 일 밖에는 없습니다."

당금애기 아버지는 그제야 점괘가 틀림없는 사실인 것을 알았다. 그러고서 그렇게 어여뻐라, 귀여워라 하던 딸을 죽이려고 난리를 쳤다. 그때나 이때나 부모가 자손을 귀여워하는 마음은 어머니가 아버지보다 더했다. 당금애기 어머니가 말했다.

"짐승도 제 새끼를 제가 아니 죽이는데, 사람으로서 어찌 내 자손을 내 손으로 죽이렵니까? 후원 동산에 토굴을 만들어 넣어 두면 굶어서라도 죽을 것입니다. 엄동설한*에 얼어서라도 죽을 것입니다. 그리하여 둡시다."

당금애기 아버지가 생각하여 보니 그럴듯한 제안이었다. 그래서 분을 참고 후원 동산에 토굴을 만들어 당금애기를 가뒀다. 그날부터 당금애기 어머니는 식구 몰래 음식을 내다가 먹이고, 생쌀을 내어 팔아다가 의복을 입혀 당금애기의 목숨을 보전시켰다.

세월은 흘러 칠월 십사일이 되었다. 그날은 아침부터 비가 퍼붓기 시작하여 창대•같이 퍼부었다. 당금애기 어머니는 발을 동동 구르면서 소리를 높여 슬피 울었다.

"하느님도 무심합니다. 산신도 무심합니다. 내 딸이 후원 동산 토굴 속에 있는 줄을 아시면서 어찌 이다지 비를 많이 퍼붓는단 말입니까? 그 굴속에 물이 가득 고여서 둥실둥실 떠 있을 터이니, 저 노릇을 어찌 해야 합니까?"

엄동설한嚴冬雪寒 눈 내리는 깊은 겨울의 심한 추위
창대 창의 자루를 뜻하는데 매우 굵은 비를 비유할 때 쓰는 표현이다.

세쌍둥이의 탄생

당금애기는 그날 아기를 낳았다. 두 명의 천상 선녀가 내려와 아이를 받아 들고 옥 항아리의 물을 내어 목욕을 시키고서 청띠를 둘러 뉘어 놓았다. 또 한 아이를 낳으니 그 아이도 목욕 시켜 황띠를 둘러 뉘어 놓았다. 또 한 아이를 낳으니 그 아이도 목욕 시켜 백띠를 둘러 뉘어 놓고 말했다.

"청띠 띤 아기는 첫째 아이, 황띠 띤 아기는 둘째 아이, 백띠 띤 아기는 셋째 아이입니다. 아무쪼록 이 아이들을 곱게 길러서 7세가 되거든 아이들의 아버지를 찾아가십시오. 우리가 도와 드리겠습니다. 이 아이들의 아버지는 서천국 금불암에 사시는 성은 왕가요, 이름은 석가여래이며 나이는 갑자생, 생일은 사월 초파일 오시 탄생입니다. 부디 잊지 말고 찾아가십시오."

천상 선녀들은 이런 말을 남기고 하늘로 올라갔다. 그러자 그제야 비가 그쳤다.

당금애기 어머니는 급한 마음에 후원 동산으로 뛰어 올라갔다. 가서 살펴보니 여기저기서 물이 펑펑 흘러나왔으나, 토굴 옆의 풀잎사귀는 하나도 젖어 있지 않았다. 그래서 토굴 속을 들여다보니 한 사람이던 것이 어언간에 네 사람이 되어 있었다.

'그러면 그렇지. 도와주시지 않을 리가 없지. 하느님과 산신, 후토신령이 굽어 살피지 않을 리가 없지. 너의 몸을 가리기 위해 비가 그다지 온 것을 생각하지 못하고서 내가 공연한 근심을 하였구나.'

당금애기 어머니는 그때야 안심하며 도로 뛰어 내려갔다. 그러고는 먹을 것을 준비하여 가지고 돌아와서 당금애기를 잘 먹였다.

그 후 당금애기 어머니가 토굴에 들어가 보면 아무리 더운 여름이라도 시원한 바람이 불고, 아무리 추운 겨울철이라도 더운 기운이 돌았다. 그래서 먹을 것만 잘 준비하여 먹이면 살겠노라 생각하고 먹을 것을 가져다 아이들을 잘 키웠다. 그런데 흐르는 것이 세월이라, 어느덧 그 아이들이 무럭무럭 자라 6세가 되었다.

하루는 아이들이 동네 아이들과 함께 놀다 오더니 당금애기에게 말했다.

"어머니, 별소리를 다 들었어요."

"무슨 소릴 들었느냐?"

"우리를 보고 성도 없고 아비도 없는 놈이라고 하니 우리 집은 왜 이래요? 우리 성은 무엇이에요? 우리 아버지는 어디 있어요?"

당금애기는 한편 생각하면 부끄럽고 한편 생각하면 기가 막혀 말을 할 수가 없었다. 그러나 아이들의 재촉에 하는 수 없이 반은 속이고 반은 바른대로 말하였다.

"성 없는 사람이 어디 있으며, 아버지 없는 사람이 어디 있느냐? 너의
성은 왕가로다. 너의 아버지는 서천국 금불암에 사신단다."

"그러면 우리 집은 왜 이래요?"

"그런 것이 아니다. 너희 아버지는 나와 같이 살다가 외할아버님의
눈 밖에 나서 쫓겨나셨단다. 그런데 나를 데리고 가려니 너희들을 임신
했기 때문에 갈 수가 없었다. 그래서 여기에 토굴을 지어 주고 너희들
을 낳아 길러, 걸어 다닐 만하면 찾아오라 하고 가셨단다."

"그러면 외할아버님은 그저 생존해 계세요? 외가는 어느 댁이에요?"

"그저 생존해 계신다. 너희들의 외가는 바로 저기 저 댁이란다."

"그러면 외할아버님을 찾아뵙고 오겠습니다. 어머니, 그간 안녕히 계
세요."

아이들이 마을로 내려가서 당금애기의 아버지를 찾아가 절을 나란히
하며 말했다.

"외할아버님, 처음 뵙겠습니다. 그간 안녕히 계셨습니까?"

당금애기 아버지는 당금애기가 죽은 줄로만 생각하고 있었다. 그래
서 별안간 아이들 셋이 찾아와서 외할아버님이라 하는 것이 이상하여
물었다.

"너희들이 길을 잘못 들어 집을 잘못 찾은 것이다. 나는 딸도 없는 사
람이라, 외손도 없으니 똑바로 얘기하라. 내가 찾아 주마."

"아닙니다. 분명히 바로 찾아왔습니다."

"너희들이 똑바로 찾아왔다고만 하면 무엇하느냐? 나는 딸이 없는 사
람이라 외손도 없단다."

"그게 무슨 말씀입니까? 당금애기 씨가 따님이라는데, 아니란 말씀은

무슨 말씀입니까?"

이 말에 당금애기 아버지는 말 한마디 못하고 속으로 생각하였다.

'이날 이때까지 아이들을 낳아서 기르도록 모르고 있었다면 도무지 말이 안 될 일이다. 이 일을 어쩌나?'

그러고 있는데, 아이들이 말했다.

"너무하셨지요? 어찌 사람을 토굴 속에서 몇몇 해를 살게 하신단 말입니까?"

당금애기 아버지가 도무지 뭐라 말 한마디 못 하고서 있는데, 아이들이 또 말했다.

"우리 어머니가 부리던 금단춘과 옥단춘이 있다고 하던데, 그 사람들이나 내어 주십시오."

당금애기 아버지는 아이들의 말에 뭐라 대꾸할 수가 없어 할 수 없이 금단춘과 옥단춘을 불러 말했다.

"너희 상전이 돌아가신 줄로만 알았더니 그저 살아 있다는구나. 어서 어서 이 아이들을 따라가서 너희 상전을 받들어라."

금단춘과 옥단춘은 반가운 마음으로 아이들을 따라갔다. 아이들이 자기 어머니인 당금애기에게 가서 말했다.

"외할아버님을 찾아뵙고 왔습니다. 그간 안녕히 계셨어요? 그리고 어머니가 부리시던 금단춘과 옥단춘도 찾아 데려왔어요."

당금애기는 금단춘과 옥단춘을 찾아 데려왔다는 말에 너무도 기뻐 금단춘과 옥단춘을 어서 들라 하여 끌어안으며 반갑게 상봉하였다. 그러고서 그 옛날처럼 즐겁게 세월을 보냈다.

남편을 찾아서, 아버지를 찾아서

그러는 중에 어느덧 아이들의 나이가 7세가 되었다.

"우리는 천 리라도 갈 수 있고, 만 리라도 갈 수 있습니다. 그러니 여기서 천대받지 마시고 어서어서 우리 아버지를 찾아가서 잘 먹고 잘 입으며 좋은 세월을 보내요."

아이들의 재촉에 당금애기는 '그렇다면 서천 서역국을 찾아가자' 하고, 아이들 셋을 앞세우고 금단춘과 옥단춘을 뒤세우고 출발하였다. 가다 보니 큰 강에 이르렀는데, 배가 없어 그 강을 건널 수가 없었다.

그때 어떤 중 하나가 나타나서 말했다.

"어디를 가시는 분들인데, 이 강을 건너려고 하십니까?"

"우리는 서천국 금불암을 찾아갑니다."

"거기는 왜 가십니까?"

"예, 성은 왕가, 이름은 석가여래, 나이는 갑자생, 생일은 사월 초파일 오시 탄생이신 분을 찾아갑니다."

"아, 그분은 우리 절에 계십니다. 제가 건너게 해 드리겠습니다."

그러더니 동으로 뻗은 버들잎을 쭉 훑어 유엽선柳葉船을 만들어 놓고 어서 타라고 재촉하였다. 당금애기 일행이 그 배를 타고 건너가서 어서 내리라고 재촉하는 소리에 내리고 보니 중과 배는 간 곳 없고 버들잎만 둥실둥실 떠내려갔다. 당금애기가 둥실둥실 떠내려가는 버들잎을 보고는 생각하였다.

'버들잎을 타고 강을 건넜다는 것이 웬 말이냐? 그 스님의 기술이 그토록 좋은 모양이로구나. 그 절에 있는 사람은 모두 재주가 좋은 모양이니 어서어서 가서 석가여래를 만나 보자.'

그런데 금불암을 찾아가 보니 절도 크고 중도 많아 어디서 석가여래를 찾아야 할지 알 수가 없었다. 그래서 지나가는 스님에게 물었다.

"성은 왕가, 이름은 석가여래, 나이는 갑자생, 생일은 사월 초파일 오시 탄생이신 분이 어디에 계십니까?"

"저기 저 방에 계십니다."

당금애기가 그 방문을 열고 보니 새파랗게 젊은 중 하나가 누워 있었다.

"제가 찾는 분이 아닌데요?"

"어떤 분을 찾으시기에 그분이 아니라 하옵니까?"

"예, 성은 왕가, 이름은 석가여래, 나이는 갑자생, 생일은 사월 초파일 오시 탄생이신 분을 찾습니다."

"예, 그러면 그분이 분명한데 어째서 아니라 하옵니까?"

"제가 볼 적에는 108세나 되어 보이는 노인 중이었는데, 지금 보니 새파랗게 젊은 중이니 아니지요."

이 말에 중이 껄껄 웃으면서 말했다.

"감쪽같이 속으셨군요. 우리 선생님은 풍운둔갑법을 배우셨기 때문에 별별 둔갑을 다 합니다. 분명히 그분이니 염려 말고 찾으십시오."

당금애기가 다시 생각해 보니 갑자생이라고 하기에 몇 십 년 전 갑자생인 줄만 알았더니 이제 나이를 따지고 보니 자기보다 세 살 더 먹은 갑자생이었다. 그래서 기분 좋게 찾아가 그 문을 열고 들어가니, 석가여래는 잠을 자고 있었다.

"대사님, 일어나시오. 대사님, 일어나시오. 조선국에 살던 당금애기가 여기까지 찾아왔으니 어서어서 일어나시오."

석가여래가 곤히 자다 일어나는 듯이 슬쩍 돌아누우며 말했다.

"꿈도 이상하구나. 조선국에 살던 당금애기가 꿈에 보이니 이게 웬일인가?"

"아니에요. 생시로 분명히 내가 여기까지 찾아왔으니 어서어서 일어나시지요."

석가여래가 벌떡 일어나서 당금애기를 보더니 눈을 꽉 감았다.

"큰일 났다. 꿈에 보이더니 생시에도 보이는구나. 당금애기가 죽어 귀신이 되어 나를 해코지하러 찾아왔나 보다. 에라, 쫓아 버리리라."

그러고는 경문을 외웠다.

당금애기가 두 눈에 눈물을 흘리며 말했다.

"너무하세요. 너무하세요. 무슨 앙갚음입니까? 분명히 내가 살아 여기까지 찾아오느라고 고생을 얼마나 하였는데……. 아이들을 낳아 칠 년 동안 고생한 생각을 해서라도 그렇게는 못합니다."

운수와 재수를
트여주는
삼불제석

이와 같이 말을 하니 아이들이 밖에서 그 소리를 듣고 문을 열고 들어와 석가여래 앞에 나란히 절을 하며 말했다.

"처음 뵙겠습니다. 그간 안녕히 계셨습니까?"

석가여래는 그제야 눈을 뜨고 아이들 셋을 끌어안고 당금애기의 손을 마주 잡으며 말했다.

"칠 년 동안 고생 많이 하셨구려. 그 죄는 모두 내 죄요. 용서하시오. 그리고 너희들 고생한 것도 모두 내 죄다. 나를 용서해라. 어린아이 몸으로 여기까지 어찌 찾아왔나? 그러나 저러나 어떤 아이가 첫째 아이요, 어떤 아이가 둘째 아이요, 어떤 아이가 셋째 아이인가?"

"청띠 띤 아이가 첫째 아이요, 황띠 띤 아이가 둘째 아이, 백띠 띤 아이가 셋째 아이입니다."

"그럼 이름은 무엇이라 지었소?"

"이름은 우리 부부가 서로 만나서 지으려고 짓지 않았습니다."

"그러면 우리 고생한 이야기는 살아가며 두고두고 할지라도 어서 이름부터 지어 봅시다. 청띠 띤 아이가 첫째 아이이니 큰 아이 이름부터 지어 봅시다. 청산이라 짓는 것이 어떻겠소?"

"청산은 삼사월에나 청산이지 구시월에도 청산입니까? 변해서 못 쓰겠어요."

"그러면 무엇이라 지어야 옳겠소?"

"이 아이는 첫째로 낳았으니 맏 '형兄' 자 한 자 떼고, 부처 '불佛' 자 한 자 떼어 '형불'이라 지어 둡시다."

"참, 그 이름 잘 지었소. 여중군자구려. 그렇게 이름을 잘 지으면서 나를 만날 때까지 이름을 아니 짓고 있었소? 그러나 저러나 그러면 둘째 아이는 황띠를 띠었으니 황산이라 짓는 것이 어떻겠소?"

"그 이름 못 쓰겠소."

"그러면 무엇이라 지어야 옳소?"

"황산은 구시월에나 황산이지 동지섣달에도 황산입니까? 변해서 못 쓰겠소. 이 아이는 둘째 아이이니 이 '재再' 자 한 자 떼고 부처 '불' 자 한 자 떼어 '재불'이라 지어 둡시다."

"그 이름 잘 지었소. 그러나 저러나 아이들 이름 중 하나도 내가 짓지 못해서야 말이 되겠소? 셋째 아이는 내가 지어 보겠소. 조금 틀리더라도 그냥 두시구려. 이 아이는 백띠를 띠었으니 백산이라 짓는 것이 어떻겠소?"

"아니 여보시오, 대사님이라 뫼 '산山' 자만 배웠구려. 어찌 그리 '산' 자로만 나갑니까? 동지섣달에나 백산이지, 오뉴월에도 백산입니까? 변해서 못 쓰겠소."

"그러면 무엇이라 지어야 옳소?"

"이 아이는 셋째 아이니 석 '삼三' 자 한 자 떼고 부처 '불' 자 한 자 떼어 '삼불'이라 지어 둡시다."

"참, 여중군자로구려. 그 이름 잘 지었소."

당금애기가 이와 같이 이름을 지어 놓고 말했다.

"형불, 재불, 삼불이라 지으면 삼불 조합이 맞아야 된단 말도 있을 것이고, 또 생전 이름이 변치 않을 터이니 이렇게 지어 둡시다."

석가여래와 당금애기는 이렇게 아이들의 이름을 지어 놓고 세월을 보냈다.

그런데 석가여래는 도를 닦기 위해 인간으로 태어났고, 당금애기는 죄를 벗기 위해 인간으로 태어났다. 석가여래는 원래 천상의 선관으로 73세가 정년이고, 당금애기는 원래 천상의 선녀로 70세가 정년이었다. 그래서 석가여래는 도를 닦아 다시 천상의 선관이 되고, 당금애기 역시 도를 닦아 다시 천상의 선녀가 되었다.

한날한시에 석가여래와 당금애기가 안개로 병풍 치고 무지개로 다리를 놓아 하늘로 함께 올라간 후 형불, 재불, 삼불이는 서천국 금불암에서 불경을 배웠다. 그러고서 조선 땅으로 건너와 강원도 금강산에 올라가 유점사*를 세우고 불경을 읽으며 불도를 닦았다.

그런데 이들 삼형제는 80세가 정년이라, 80세가 되니 한날한시에 한 곳으로 머리를 향하고 운명하였다. 삼형제는 불경을 읽고 불도만 닦았지 제자를 남기지 않은 까닭에 그 절을 지킬 자가 없었다. 그 때문에 해

유점사楡岾寺 강원도 고성군에 있는 절 이름

마다 나라에 흉년이 들고 국상*이 자주 나 도무지 견딜 수가 없었다.

그때 어떤 이인*이 나타나 말했다.

"옛날 옛적에 조선국에 사시던 당금애기 씨가 낳은 형불, 재불, 삼불이가 서천국에서 불경과 불도를 갖고 조선국에 왔지만 많이 전하지 못하고 운명하였습니다. 그 때문에 해마다 흉년이 들고 국상이 자주 나는 것입니다. 그러니 유점사에 가서 형불, 재불, 삼불이의 장례를 치르고, 불경을 읽고 불도를 닦으면 국가와 백성이 편안해질 것입니다."

그때부터 조선국에서는 불경을 읽고 불도를 닦는 것이 유행하였다. 또한 백성들은 형불, 재불, 삼불이를 위하면 운수, 재수가 트이고 모든 일이 마음먹은 대로 된다는 말을 듣고서 '그러면 절에까지 찾아갈 것 없이 우리 집에 삼불이라 하고 삼불제석님을 위하면 되겠지' 하고 삼불을 위하게 되었다.

이때부터 형불, 재불, 삼불이를 삼불제석님이라 하고, 제석님께 고사 정성을 드릴 적에 고깔 세 개를 접어 꽂고 위하게 되었다.

국상國喪 국가에서 치르던 상례(喪禮)이다. 국장(國葬), 인산(因山), 인봉(因封)이라고도 하며 왕과 왕비, 왕세자와 세자빈 등의 장례를 말한다.
이인異人 재주가 신통하고 비범한 사람

바리데기

불운한 결혼

불라국에 오구대왕이란 임금이 있었다. 나라를 잘 다스렸는데 아직 왕비를 맞아들이지 않은 것이 흠이었다. 이에 임금의 여러 친인척과 임금을 모시는 신하들이 왕비를 맞아들일 것을 아뢰었다. 오구대왕은 하는 수 없이 왕비를 뽑아 올리라는 전교傳敎(명령)를 내렸다.

전국에 전교를 내려 왕비를 뽑아 올리는데, 세 번째 만에 길대부인을 뽑아 국모•로 모시게 되었다.

"국가의 길함과 흉함을 알고 싶은데, 어디 용한 점쟁이가 있느냐?"

오구대왕이 시녀상궁•에게 물었다.

"천하궁의 다지박사•, 제석궁의 모란박사, 명도궁의 주역박사가 용하다고 합니다."

"천하궁에 가서 점을 치거라."

오구대왕의 전교를 받은 상궁은 생진주 석 되 서 홉, 금 닷 돈, 은 닷 돈, 비단 석 자 세 치를 간추려 싸 가지고 천하궁의 다지박사를 찾아갔다. 천하궁의 다지박사는 백옥반白玉盤에 흰 쌀을 흩어 놓고 점을 치기 시작했다.

"첫 번째는 무당의 헛튼산(변변치 않은 점괘)입니다. 두 번째는 상하문● 입니다. 세 번째는 양전兩殿(임금과 왕비) 마마의 정산正算(바른 점괘)이 나왔 습니다."

그러고는 시녀상궁에게 점괘를 일러 주었다.

"대왕마마는 금년에 17세요, 중전마마는 16세라. 금년은 폐길년●이 요, 내년은 대개년●이구나. 금년에 혼인을 하면 공주 일곱 명을 보실 것 이고, 내년에 길례吉禮(혼인)를 하면 왕자 세 명을 보실 것입니다."

시녀상궁은 돌아와 그대로 아뢰었다. 시녀상궁의 말을 들은 오구대 왕은 웃으면서 말했다.

"점쟁이가 용하다고 한들 제 어찌 알쏘냐? 일각이 여삼추●라, 하루가 열흘 같은데 어떻게 기다리겠느냐?"

오구대왕은 예조●에 결혼 날짜를 정할 것을 명했다. 오월 오일을 선 채●하는 날로, 견우직녀가 하강하는 칠월 칠일을 길례하는 날로 정하

국모國母 임금의 아내나 임금의 어머니를 일컫는다.
시녀상궁 조선 시대에 대전이나 내전에서 임금을 모시며 서적과 문서에 대한 일이나 시위(侍衛),
전도(前導)에 대한 일 따위를 맡아보던 상궁
다지박사 이 작품에서 '박사'는 강신된 남자무당을 말한다.
상하문上下門 정확한 뜻은 알 수 없지만 문맥상 '헛튼산'과 유사한 점괘라는 것만 추정할 수 있다. .
폐길년閉吉年 결혼을 해서는 안 되는 운수의 해
대개년大開年 결혼을 하기 좋은 운수가 든 해
일각一刻이 여삼추如三秋 일각이 3년과 같다는 뜻으로, 몹시 기다려지거나 지루한 느낌을 이른다.
일각은 오늘날의 시간으로 약 15분 정도이다.
예조禮曹 고려와 조선 시대의 주요 국사 처리 기관인 육조의 하나이다. 예의, 음악과 제사, 연회와
외교, 교육과 과거에 대한 사항을 담당하였다.
선채先綵 혼례 전에 신랑 집에서 신부 집으로 보내는 비단 옷감

고, 길례도감°을 설치한 후 준비하기 시작했다.

　드디어 혼인날이 되어 모든 벼슬아치, 궁녀, 별감 등이 호위하는 가운데 대왕마마 내외가 얼굴을 마주하고 자리에 앉으니 그야말로 나라의 커다란 경사였다. 별궁에 동상°을 정하고, 옥으로 만든 상에 기러기를 전안°하고, 합환주°를 전하자 궁궐의 모든 벼슬아치가 일시에 산호만세°를 불렀다.

　세월은 흐르는 물과 같아 몇 달이 지나가니 길대부인의 몸에 이상이 생겼다. 잔뼈는 녹는 듯, 굵은 뼈는 휘는 듯하였다. 수라(임금께 올리는 밥)에서는 생쌀내가 나고, 장국에서는 날장내°가 나고, 어수°에서는 해감내가 나고, 금광초金光草(신선이 먹는 약초)에서는 풋내°가 나 모든 음식을 먹을 수가 없었다.

　오구대왕에게 아뢰자 왕이 물었다.

　"꿈에 나타난 일은 어떻습니까?"

　"예, 품 안에는 달이 돋아 뵈고, 오른손에는 푸른 복숭아 꽃 한 가지를 꺾어 들고 있었습니다."

　오구대왕이 시녀상궁에게 점을 치러 가라고 전교를 내렸다. 시녀상

길례도감吉禮都監　궁궐의 혼례를 주관하는 관청
동상東床　남의 새 사위를 높여 부르는 말이다. 혼례가 끝난 뒤 신부 집에서 신랑이 자기 벗들에게 음식을 대접하는 일을 '동상례'라고 한다. 여기서는 별궁에다 신랑의 처소를 정했다는 의미이다.
전안奠雁　혼인 때에 신랑이 기러기를 가지고 신부 집에 가서 상 위에 놓고 절하는 예
합환주合歡酒　혼례 때에 신랑 신부가 서로 바꾸어 마시는 술
산호만세山呼萬歲　임금에게 경축하는 뜻으로 부르는 만세
날장내　생장(生醬)에서 나는 냄새
어수御水　임금에게 올리는 물을 말하는데 여기서는 중전마마께 올리는 물이다.
풋내　새로 나온 푸성귀나 풋나물 따위로 만든 음식에서 나는 풀 냄새

궁이 금 닷 돈, 은 닷 돈, 생진주 서 되 서 홉, 비단 석 자 세 치를 가지고 천하궁의 다지박사를 찾아가 물었다. 다지박사가 백옥반에 흰 쌀을 던져 점을 치고서는 시녀상궁에게 점괘를 일러 주었다.

"길대 중전마마의 태기가 분명합니다. 그러나 폐길년에 혼인을 하였으므로 공주를 볼 것입니다."

시녀상궁이 오구대왕에게 그대로 아뢰었으나, 오구대왕은 웃어넘길 뿐이었다.

"점쟁이가 용하다고 한들 제 어찌 알겠느냐?"

다섯 달이 되고, 여섯 달이 되고, 일곱 달이 되었다. 밤에는 약방제조˙를 대령시키고 보모상궁˙까지 모두 정하게 하고 승전전어˙와 삼시문안三時問安을 끊기지 않게 하였다.

드디어 열 달이 되어 아기를 낳으니 공주였다. 시녀상궁이 공주의 탄생을 오구대왕께 아뢰었다.

"공주를 낳았으니 태자인들 아니 날쏘냐? 귀하게 길러라."

공주 아기씨가 태어난 지 석 달이 되자 왕은 다리당 씨라는 이름과 청대공주라는 별호를 내려 주었다. 그리고 다섯 살이 되자 외궁에 거처하게 하고 시녀상궁의 보살핌을 받도록 해 주었다.

또 세월이 흘러 길대부인이 다시 잉태하였다.

"품 안에는 칠성별이 떨어져 보이고, 오른손에는 붉은 복숭아 꽃 한 가지를 꺾어 들고 있었습니다."

꿈에 나타난 일을 들은 오구대왕은 시녀상궁을 시켜 다시 점을 치러 가게 하였는데, 또 공주일 것이라는 이야기를 들었다. 열 달이 되어 아기를 낳으니 과연 또 공주였다.

"공주를 낳았으니 세자인들 아니 나오겠느냐?"

오구대왕은 아기씨의 이름을 별이당 씨라 짓고 홍대공즈라는 별호를 내렸다.

그 후 오구대왕은 태자가 태어나기를 간절히 기다렸지만, 계속해서 공주가 태어나 공주만 여섯 형제를 두게 되었다.

약방제조藥房提調 임금에게 올리는 약을 감독하던 벼슬아치
보모상궁 조선 시대에 왕자나 왕녀의 양육을 맡아보던 나인들의 우두머리 상궁
승전전어承傳傳語 승전선전관(承傳宣傳官)이 왕의 뜻을 전달하는 것을 말한다.

공들여 낳은
자식이 딸이라니

오구대왕은 이제 나이 오십에 가까워지니 앞으로의 희망이 영 없어졌다. '세상만사 부러울 것이 없지만 자식은 뜻대로 되지 않는구나' 하고 한탄하면서 시름에 잠겨 장자에게 물려주어야 할 옥새와 조상 제사를 걱정할 뿐이었다.

하루는 길대부인 역시 시름이 가득한 채로 열두 대문을 열고 나와 꽃밭에 물을 주고 꽃구경을 하며 바람을 쐬려고 하였다. 그런데 솟을대문 밖에서 난데없이 시주 소리가 나서 길대부인이 깜짝 놀랐다.

'이 대문 밖은 까막까치도 오지 못하는 곳인데 어떤 인기척이며, 난데없이 스님이 와서 시주를 달라고 하니 무슨 까닭인가? 시주 달라는 것은 쌀이고 돈이고 얼마든지 줄 수 있지만, 아마도 열두 대문을 이렇게 지나온 걸 보면 보통 스님이 아닐 것이다.'

길대부인은 이렇게 짐작하고 스님을 불러오도록 하였다.

"앞문에 옥장춘아, 뒷문에 매상금아. 스님이 시주를 달라고 왔으니

안에 들어가서 흰 쌀 한 말을 떠 가지고 오너라."

옥장춘이 명령을 듣고 안에 들어가서 흰 쌀 한 말을 정결하게 떠 가지고 나오니, 스님이 흰 쌀을 받아 바랑에 넣고 말했다.

"나무아미타불 관세음보살. 귀빈 마님, 태자를 못 두어 시름이 많으니 명산대천을 찾아가서 정성을 드리면 태자를 보실 것입니다. 큰절을 찾아가 백일 불공을 지극히 드리면 태자를 보실 것입니다."

이렇게 말하고는 온 데 간 데 없이 바람처럼 사라졌다.

'틀림없는 도사승이로구나.'

길대부인은 깜짝 놀라 속으로 생각하고 내궁으로 들어갔다. 그날부터 금줄을 치고 정화수를 떠와 두 손을 비비며 빈 후에 온갖 공들일 준비를 했다. 온갖 음식을 골고루 차리고 향로불과 촛대 한 쌍을 준비해 명산대천에 있는 산신당에 올라갔다. 그러고는 나흘 불공, 백일 불공을 드리고 석불보살, 미륵님한테 다니며 온갖 공을 다 드렸다. 집에 내려와 있는 날도 한시, 반시도 놀지 않고 성주신, 터주신, 조왕신(부엌을 관장하는 신), 조상신, 세존世尊(생산을 관장하는 신) 전에 백일 불공을 드렸다.

이렇게 정성을 드린 때문인지, 길대부인은 갑자 사월 초파일 날 깊은 밤중에 아기 낳을 꿈을 꾸었다. 오른손에는 보라매가 앉고, 왼손에는 흰 매가 앉고, 무릎 위에는 금거북이 앉고, 양 어깨에는 해와 달이 돋고, 대명전 대들보에는 청룡 황룡이 얼크러져 보이는 꿈이었다.

길대부인은 그 꿈이 길한 꿈이라 짐작하였다. 그래서 이튿날 날이 밝자마자 바삐 서둘러 간밤에 꾼 꿈의 내용을 편지로 적어 시녀를 시켜 오구대왕에게 보냈다. 오구대왕은 길대부인의 편지를 받아 읽은 후에 '이번에야말로 태자를 보겠구나' 하고, 다음 날 자시子時(밤 11시부터 오전 1

시 사이)에 길대부인의 궁에 거둥할 것임을 전하였다. 그러는 한편, 시녀 상궁을 시켜 천하궁에 점을 치러 가라고 전교를 내렸다.

시녀상궁이 금 닷 돈, 은 닷 돈, 생진주 서 되 서 홉, 비단 석 자 세 치를 갖고 천하궁의 다지박사를 찾아가 물었다. 다지박사가 백옥반에 흰 쌀을 던져 점을 치고서는 시녀상궁에게 점괘를 일러 주었다.

"길대 중전마마의 태기가 분명합니다. 그러나 폐길년에 혼인을 하였으므로 공주를 볼 것입니다."

시녀상궁은 돌아와 그대로 오구대왕에게 아뢰었다. 그러나 왕은 "점쟁이가 용하다고 한들 제 어찌 알겠느냐?" 하고, 웃어넘길 뿐이었다.

다음 날 자시에 오구대왕은 길대부인이 거처하는 궁으로 갔다. 그날 밤에 오구대왕과 길대부인은 비단 요와 비단 이불을 펴고 자시를 지나 동침하였다. 이때 천상에서는 사해 용왕대신龍王大神, 일월성신日月星辰, 사방신장•, 후토지신后土地神 등이 모두 모여 길대부인의 잉태를 기원하였다.

과연 그달부터 길대부인에게 태기가 있었다. 길대부인은 온갖 음식을 다 먹고 싶었다. 그러나 입덧 때문에 밥에서는 비린내가 나고, 장에서는 날장내가 나고, 물에서는 흙내가 나 먹지 못하고, 뒷동산에 있는 시금털털한 개복숭아만 먹고 싶었다. 다섯, 여섯, 일곱 달이 되니 길대부인의 배가 앞배는 높아지고 뒷배는 낮아졌다. 길대부인은 온갖 태교를 가려, 앉을 때도 문 옆이나 귀퉁이에 앉지 않고, 음식도 조용히 가려

사방신장四方神將 신병(神兵)을 거느리고 사방을 맡았다는 신장, 즉 동방 청제장군, 서방 백제장군, 남방 적제장군, 북방 흑제장군을 말한다.

먹었다. 말소리도 나직이 하여 남들이 음성을 높여 떠드는 데에는 가지 않고, 짐승을 죽이는 것은 물론 벌레를 밟아 죽이는 것조차 보지 않았다. 길대부인은 이처럼 온갖 나쁜 일이나 더러운 것을 피하면서 태교를 하였다.

이렇게 열 달이 지났는데, 하루는 아기가 나오려는지 배가 몹시 아프고 온몸이 결렸다. 그러자 길대부인이 서둘러 시녀들을 불러들였다. 길대부인은 나이가 들어서 아기를 낳는 것이었기 때문에 여간 힘에 겨운 것이 아니었다. 시녀들이 길대부인의 배를 쓰다듬고 팔다리를 주무르며 온갖 정성을 다 쏟았다. 길대부인은 진통 중에 정신이 혼미해졌다. 그러는 가운데 사방에서 붉은 구름, 흰 구름, 누런 구름, 푸른 구름이 떠올라 색색이 변했다. 길대부인이 거처하는 내궁의 연못 안에도 일곱 색깔 무지개가 서렸다.

그런데 아기를 낳고 보니 또 공주였다. 길대부인은 공주인 줄 알고는 까무러쳤다. 시녀들이 달려들어 황급히 팔과 다리를 주무르자 길대부인이 깨어났다.

"여봐라, 내가 혼미한 중에 아기를 낳았는데, 남녀 간에 무엇이냐?"

시녀들이 또 공주란 말을 여쭐 수가 없어서 고개를 숙인 채 대답을 못 하였다.

"여봐라, 묻는 말에 왜 대답이 없느냐?"

"또 공주님이 탄생했습니다."

길대부인이 깜짝 놀라며 말했다.

"이것이 웬일이냐? 공들여 낳은 자식이 딸이라니 이것이 어쩐 일이냐? 이 말이 진실이냐?"

길대부인은 믿기지 않아 아기씨를 앞으로 당겨, 덮은 포대기를 들추고 보니 틀림없는 공주였다.

"늘그막에 얻은 자식, 그게 요만큼만 달렸으면 너도 좋고 나도 좋을 텐데 오구대왕께 뭐라고 아뢸까? 우리 내외 살다가 죽으면 옥새를 누구에게 맡기며, 조상의 제사를 받들어 모실 때 누가 밥 한 그릇 물 한 모금을 떠 줄까?"

길대부인은 일곱째 딸 공주를 바라보며 통곡하였다.

오구대왕이 시녀들에게 물었다.

"여봐라, 깊으나 깊은 구중궁궐˚ 속에 여자의 울음소리가 웬일이냐?"

"아뢰옵기 황송합니다."

"여봐라, 너희들도 얼굴이 두껍구나. 무슨 면목으로 나를 대하는가?"

오구대왕은 손으로 책상을 치면서 탄식을 하였다.

"전생에 무슨 죄가 그다지 많아 하늘이 나에게 일곱 딸을 점지하였는가? 종묘사직˚을 누구에게 전할까? 조정朝廷을 누구에게 전할까? 백성을 누구에게 전할까?"

구중궁궐九重宮闕 겹겹이 문으로 막은 깊은 궁궐이라는 뜻으로, 임금이 있는 대궐 안을 이른다.
종묘사직宗廟社稷 왕실과 나라를 통틀어 이르는 말

버렸다, 버렸으니 바리데기로 하라

오구대왕이 전교를 내렸다.

"여봐라, 그 아기를 어서 후원에 갖다 버려라."

그러자 길대부인이 오구대왕에게 청하였다.

"국가는 혈육을 모른다 하오나 어찌 내다 버립니까? 조정의 벼슬아치에게 수양녀收養女로나 주어 기르게 하십시오."

"국가법이 그렇지 않습니다."

길대부인은 할 수 없이 아기에게 저고리와 두렁이•를 입히고 생월생시를 적어 고름에 매었다. 그리고는 뒷동산 후원에 아기를 버리고 뒤돌아섰다. 그때에 산은 첩첩하고 물은 잔잔한데 사나운 바람이 문득 불었다. 이어 난데없는 까막까치가 날아와서 한 날개는 깔아 주고 한 날개로는 덮어 주면서 아기를 보살폈다.

그 후 어느 화창한 봄날 오구대왕과 길대부인이 무예별감•, 대전별감•을 데리고 후원에서 꽃구경을 할 때였다. 동편을 바라보니 상서로운 기운이 하늘에 서려 있고, 까막까치가 소란하게 울고 있었다.

"상서로운 기운이 하늘에 서려 있으니 국가에 좋은 일이 있을 징조로다. 저기 무엇이 있기에 까막까치가 저다지 소란하게 우느냐?"

시녀상궁이 아뢰었다.

"이번에 나신 아기씨를 내다 버리라고 전교하시기에, 임금의 명령을 거역할 수 없어 후원에 버렸더니 아기 울음소리가 지금까지도 은은히 들려옵니다."

"아기씨를 안아 오라."

아기씨를 안아 와서 보니, 귀에는 왕개미가 가득하고, 입에는 금개미가 가득하고, 눈에는 실개미가 가득하였다. 길대부인이 연꽃 같은 얼굴에 진주 같은 눈물을 쌍쌍이 흘리며 말했다.

"국가는 혈육을 모른다 하기로 어찌 이같이도 무참하게 내다 버리십니까?"

오구대왕이 다시 전교를 내렸다.

"여봐라, 내가 내일 아침에 사해용왕께 진상進上을 보낼 것이다. 함장이를 불러들여 옥함玉函을 맵시 있게 짜 들이라."

길대부인이 옥함 속에 아기를 넣을 때에 옥병에다 젖을 짜 넣어 아기 입에 물리고, 생월생시를 써서 고름에 매며 말했다.

"골육을 어찌 물속에 넣으려 하십니까? 자식 없는 신하에게 수양녀로 주거나 하실 일이지. 정 버리시려거든 아기 이름이나 지어 주십시오."

두렁이 어린아이의 배와 아랫도리를 둘러서 가리는 치마같이 만든 옷
무예별감武藝別監 조선 시대에 궁궐 문 옆에서 숙지하고 호위하는 일을 맡아보던 무사
대전별감大殿別監 임금이 거처하는 곳에서 임금의 심부름을 하던 벼슬

"버렸다, 버렸으니 바리데기로 하라."

옥함에 금거북 자물쇠를 어슷비슷 채워 놓고 '칠공주'* 세 글자를 금으로 새겼다. 그러고는 예대신*을 들어오라 하였다. 예대신이 어주御酒(임금이 신하에게 내리는 술)를 세 잔 마신 후에 옥함을 짊어지고 궐문 밖을 빠져 나가니, 까막까치는 고개를 쪼아 예대신을 인도하고 초목은 고개를 숙여 예대신을 인도하였다. 이렇게 예대신이 천 리, 이천 리, 삼천 리를 가서 갈치산 갈치고개, 불치산 불치고개를 아미타불 염불하면서 넘어가니 앞에는 황천강, 뒤에는 류사강이 흐르고 있었다.

예대신은 강을 건너 마침내 까치여울 피바다에 이르렀다. 그러고는 칠공주를 까치여울 피바다에 던졌다. 처음에는 용솟음*, 두 번째는 대솟음* 치더니, 세 번째는 물빛이 핏빛이 되고 뇌성벽력이 진동하였다. 그런 와중에 난데없는 금거북이 나와서 옥함을 짊어지고 동해바다로 사라졌는데, 그곳은 밤낮으로 안개가 자욱하게 끼어 있는 태양서촌이라는 곳이었다. 이곳에서도 역시 까막까치가 날아들어 한 날개는 깔아 주고, 한 날개로는 덮어 주면서 칠공주를 보살폈다.

칠공주 일곱 번째 공주, 바리데기를 칭한다.
예대신禮大臣 예를 관장하는 책임을 맡은 관청의 우두머리
용솟음 물 따위가 세찬 기세로 위로 나오는 것을 말한다.
대솟음 용솟음이란 말에 운을 맞춰 사용해 세차게 물이 솟은 것을 표현했다.

너희가 무엇이 공덕인 줄 아는가?

석가세존이 목련존자*와 가섭존자*를 데리고 사해를 구경하시고, 인간을 점지하러 오시다가* 까막까치가 지저귀는 소리를 듣고 목련존자에게 말했다.

"저기 무엇이 있기에 까막까치가 저다지 지저귀느냐? 상서로운 기운이 하늘에 떠 있으니 사람이 있어도 하늘이 아는 사람이 있고, 짐승이 있어도 하늘이 아는 짐승이 있고, 귀신이 있어도 하늘이 아는 귀신이 있을 것이니, 네가 가서 보고 오너라."

"도가 부족하온지 아무것도 보이지 않습니다."

목련존자木蓮尊者 부처님의 제자 가운데 한 사람으로, 『목련경』에는 지옥에 빠진 자신의 어머니를 건져 낸 효자로 기록되어 있다.
가섭존자迦葉尊者 부처님의 열 명의 제자 중 한 사람
인간을~오시다가 '인간을 점지한다'는 것은 부인들에게 아기를 갖게 해 준다는 뜻이다. 여기서는 석가세존이 생산신의 역할을 하는 것으로 설정되어 있다.

석가세존이 황정경*을 손에 들고, 돌배를 바삐 저어 태양서촌을 바라
보니 옥함이 놓여 있고 옥함 안에 여자아이가 들어 있었다. 석가세존은
남자 같으면 데려다 제자나 삼으련만 여자이니 부질없다 하고, 속 빈
개암나무 뒤로 옥함을 옮겨 놓도록 지시하였다.

그때 비리공덕 할아비와 비리공덕 할미가 감투를 숙여 쓰고 자주색
바랑을 짊어지고 지옥 노래를 부르며 왔다. 석가세존이 물었다.

"그대들은 사람인가, 귀신인가?"

"귀신도 아니고, 짐승도 아니고, 이 산의 수호신 비리공덕 할아비, 비
리공덕 할미입니다."

"너희가 무엇이 공덕인 줄 아는가?"

"깊은 물에 다리를 놓아 월천공덕越川功德, 절을 지어 위인공덕爲人功
德, 옷 없는 사람 옷 주고 밥 없는 사람 밥 주어 활인공덕活人功德, 목마른
사람 물 주어 급수공덕給水功德, 젖 없는 아기 젖 먹여 기르는 공덕이 제
일입니다."

"그러면 이 아기를 데려다 기르면 어떠하냐?"

"봄과 여름과 가을은 들에서 머물고, 겨울이면 굴속에서 머뭅니다."

"이 아기를 데려다 기르면 먹을 것도 생길 것이다. 입을 것도 생길 것
이다. 집도 저절로 생길 것이다."

석가세존은 이 말을 남기고 문득 사라졌다.

'부처님 도술이 분명하구나.'

비리공덕 할아비와 할미가 이렇게 생각하고 있는데, 꾀꼬리가 날아

황정경黃庭經 도가(道家)의 경문(經文)

드는 버드나무 사이에서 아기 울음소리가 들려 왔다. 소리 나는 곳을 찾아가 보니 옥함이 놓여 있고, 금거북 자물쇠가 어슷비슷 채워져 있었다. 부모에 애중경, 나라에 충신경, 처자권속°에 사랑경과 천지팔양경天地八陽經을 외니 옥함이 열쇠도 없이 저절로 열렸다.° 함 속을 들여다보니 아기가 놓여 있는데, 아기의 눈에는 불개미가 가득하고, 허리에는 지렁이, 뱀이 감겨 있었다. 그래서 흐르는 물에 아기를 거슬러 씻기고, 가사장삼을 벗겨 다시 씻기고, 비늘장삼(비늘무늬로 된 장삼)을 벗겨 아기를 안고 돌아서니 예전에는 없던 집이 절묘하게 놓여 있었다.

아기를 길러 8~9세가 되니, 글을 배우지도 않았는데 상통천문 하달지리° 육도삼략°에 능통하지 않은 것이 없었다.

어느 날 아기가 말했다.

"날짐승, 기어 다니는 벌레도 어미 아비가 다 있는데, 나의 어미는 어디 계십니까? 아비는 어디 계십니까?"

"할아비는 아비요, 할미는 어미입니다."

"할미 할아비, 거짓말 마십시오. 늙은 사람이 어떻게 나 같은 자손을 낳았겠습니까?"

할미 할아비가 무주고혼°이라 아기에게 의탁하려 하였더니, 어미 아비를 찾아 달라 하는 것이었다.

"하늘은 아비이고, 땅은 어미입니다."

"천지간 만물은 하늘땅이 내셨지만 인간 골육을 어찌 냈겠습니까? 할미 할아비, 바른대로 알려 주십시오."

"아비가 죽으면 전라도 왕대밭의 왕대나무 양끝을 잘라 짚고 삼 년 동안 슬피 곡하나니, 전라도 왕대나무가 아비이고, 뒷동산의 오동나무는 어미입니다.”

　“전라도 왕대밭은 멀고 멀어 삼시문안을 못 들겠습니다. 뒷동산 오동
나무에 삼시문안을 극진히 하겠습니다.”

처자권속妻子眷屬　‘처자’는 부인과 자식, ‘권속’은 한집안에 속하는 모든 겨레붙이와 하인이다.
부모에~열렸다　이 구절은 제석굿에 많이 보인다. 애중경, 충신경, 사랑경이란 경문은 없다. 부모,
나라, 처자권속에 조응하여 쓰인 것일 뿐이다. 천지팔양경은 흔히 팔양경(八陽經)이라고 하는데, 팔
양은 천음지양(天陰地陽)의 여덟 가지 양(陽)을 이르며 혼인, 해산(解産), 장사(葬事) 따위에 관한 미
신을 없애려는 내용의 불경이다.
상통천문上通天文 하달지리下達地理　천체에서 일어나는 온갖 현상을 훤히 알고, 풍수지리에 밝은
것을 말한다.
육도삼략六韜三略　중국 주(周)나라 태공망(太公望)이 지은 육도와 진(秦)나라 황석공(黃石公)이 지
은 삼략의 병법서(兵法書)
무주고혼無主孤魂　자손이나 모셔 줄 사람이 없어서 떠돌아다니는 외로운 혼령을 말한다. 여기서는
자손이 없다는 뜻이다.

하늘이 아는 아기를 내다 버린 죄

세월은 물같이 흘러, 어느덧 아기의 나이가 15세가 되었다.

하루는 아기의 세숫대야 가운데에 해와 달이 떨어져 보였다. 그것은 칠공주의 부모인 양전 마마의 병세가 매우 위태롭고 무거움을 미리 보인 것이었다.

과연 그날부터 양전 마마의 병환이 위중해졌다. 오구대왕이 시녀상궁에게 전교를 내렸다.

"천하궁에 가서 점을 치거라."

시녀상궁이 은돈 닷 돈, 금돈 닷 돈, 생진주 서 되 서 홉, 비단 석 자세 치를 갖고 천하궁 다지박사께 가니, 다지박사가 백옥반에 흰 쌀을 흩어 놓고 점을 치기 시작했다.

"첫 번째는 무당의 헛튼산이 나왔습니다. 두 번째는 상하문이 나오고 세 번째는 양전 마마의 정산이 나왔습니다. 서해는 해가 지는 격이요, 동해는 달이 돋는 격이니, 후일에 보면 아시겠지만 양전 마마가 한날한시에 승하•하실 것입니다. 칠공주가 거처하는 곳을 찾으십시오."

시녀상궁이 양전 마마께 그대로 아뢰었다.

"평지에나 버렸으면 찾을 수 있으련만 바다에 던진 것을 어느 누가 찾는단 말인가?"

양전 마마가 같은 날 같은 시간에 꿈을 꾸었는데, 대왕전 들보에서 여섯 청의동자•가 날아와서 일시에 읍•하는 것이었다.

"네가 사람이냐, 귀신이냐? 나는 새도 들어오지 못하는 곳인데, 어찌하여 들어왔느냐?"

"사람도 아니고, 귀신도 아닙니다. 소인들은 하늘의 청의동자로서 옥황상제의 명령을 받아 양전 마마의 명패名牌(이름표)를 풍도옥•에 가두러 왔습니다."

"어찌하여 그러하냐? 신하 중에 원망하는 신하가 있어서냐? 백성 중에 원망하는 백성이 있어서냐?"

"원망하는 신하, 원망하는 백성이 있어서가 아니라 하늘이 아는 아기를 내다 버린 죄로 같은 날, 같은 시간에 승하하실 것입니다."

"그러면 내 어찌 살아날 수 있겠는가?"

"버린 아기를 찾아 들이고, 삼신산의 불사초, 무상신(약수를 관리하는 신선)의 약령수藥靈水, 동해용왕의 비례주•, 봉래산의 가얌초, 안아산의 수

승하昇遐 임금이나 존귀한 사람이 세상을 떠남을 높여 이르는 말
청의동자靑衣童子 푸른 옷을 입은 아이로, 신선의 시중을 든다고 전해진다.
읍揖 인사하는 예의 하나이다. 두 손을 맞잡아 얼굴 앞으로 들어 올리고 허리를 앞으로 공손히 구부렸다가 몸을 펴면서 손을 내린다.
풍도옥酆都獄 도가에서 지옥을 이르는 말이다.
비례주 용궁에 있다는 신기한 약효가 있는 구슬

리취를 구해서 잡수시면 살아나실 수 있을 것입니다.”

깜짝 놀라 깨어 보니 꿈이었다. 다음 날, 밝기를 기다려 오구대왕은 조정의 모든 벼슬아치를 불러 들였다. 그러고는 신하 중에 버린 아기를 찾아 들이는 자가 있으면 천금상에 만호후를 봉하고*, 나라의 절반을 줄 것이라고 하였다. 그러나 조정에 있는 모든 신하가 잠자코 아무 대답도 하지 않았다.

“약령수만이라도 구해 오는 자가 있으면 만호후를 봉할 것이다.”

“동해 용궁도 천궁이옵고, 서해 용궁도 천궁이오니, 살아 육신은 못 가고 죽어 혼백만 갈 수 있어, 거행할 신하가 없습니다. 또한 아기를 평지에나 버렸으면 찾는 신하가 있으련만 물 가운데 버렸으니 어찌 찾을 수 있겠습니까?”

그러는 중에 예대신이 말했다.

“소신이 대대손손 나라의 녹*을 받은 신하로 어찌 그대로 앉아 있으리까? 소신이 가다가 죽더라도 찾아다 바치겠습니다.”

“그러면 무엇을 가지고 가겠느냐?”

“양전 마마의 편지와 여섯 공주의 편지와 아기의 유물을 주십시오.”

이것들을 받아 든 예대신은 궁녀가 주위를 쌍쌍이 둘러싸고 오영문*이 뒤에 늘어선 가운데 대궐문을 썩 나섰으나 갈 바를 알 수 없었다. 이때 까막까치는 태양서촌으로 고개를 조아려 예대신을 인도하고, 초목은 고개를 숙여 예대신을 인도하였다. 산은 첩첩한데 두견새는 슬피 울고, 황금 같은 꾀꼬리는 버들가지에 날아들었다. 예대신이 갈치산 갈치고개, 불치산 불치고개를 아미타불 염불하면서 넘어가니 앞에는 황천강, 뒤에는 류사강이 흐르고 있었다. 예대신은 강을 건너 마침내 까치여울 피바다에 이르렀다. 그때에 비리공덕 할미 할아비가 나타나서 말했다.

"그대는 사람인가, 귀신인가? 날짐승도 들어오지 못하고, 기어 다니는 벌레도 들어오지 못하는 곳을 어찌하여 들어왔느냐?"

"저는 나라의 명령을 받들어, 버린 아기를 찾으러 왔습니다."

이때 칠공주가 나와 말했다.

"국가 자손 같으면 오죽 죄가 많아 풀이 우거진 산에 던졌으랴!"

"아기가 처음 입었던 이레안저고리•를 가져 왔습니다."

"이레안저고리를 내가 알더냐?"

"생월생시 적은 것을 가지고 왔습니다."

"생월생시를 내가 알더냐?"

"국왕마마의 편지와 여섯 공주의 편지를 가지고 왔습니다."

"편지를 내가 알더냐? 표•를 가져오너라."

양전 마마 엄지 찍어 금쟁반에 피를 담고, 거기에 아기 무명지의 피를 내어 합하니 피가 구름같이 피어올랐다.• 그제야 비로소 칠공주가 가겠

천금상千金賞에 만호후萬戶侯를 봉하고 '천금'은 많은 돈, '만호후'는 일만 호의 백성이 사는 영지를 가진 제후를 말한다. 누구든지 바리데기를 찾아서 데려오기만 하면 그에게 많은 돈과 제후 벼슬을 주겠다는 뜻이다.
녹 봉급을 말한다. 전근대 시대에 국가의 관리들은 쌀, 보리, 옷감 등 주로 현물로 봉급을 받았다.
오영문五營門 조선 시대에 서울에 있던 다섯 곳의 친군영(親軍營), 곧 전·후·좌·우·별영(別營)의 총칭이다.
이레안저고리 태아의 첫 옷. 탈 없는 사람이 흰색의 무명베로 만드는데, 이레옷이라고도 한다. 이레옷은 영험이 있어 어려움이 있을 때 가지고 가면 일이 잘 풀린다고 한다.
표標 같은 종류의 다른 사물과 분간할 수 있도록 하는 그 사물만의 두드러진 특징을 말한다. 여기서는 혈육임을 증명해 줄 수 있는 '피'가 표의 역할을 한다.
피가~피어올랐다 피가 합하여졌다는 뜻이다. 손가락에 피를 낸 뒤 합하여 합쳐지는 것을 보고 친자임을 확인하는 과정은 주몽신화, 제석본풀이 등에서 흔히 보이는 모티프이다.

다고 말하였다. 이에 예대신이 칠공주에게 아뢰었다.

"구슬가마를 대령하오리까, 비단가마를 대령하오리까?"

"풀이 우거진 산에 던져졌던 이내 몸이 구슬가마, 비단가다가 웬일이냐? 말을 타고 가겠노라."

이렇게 해서 칠공주는 예대신을 따라 대궐문 밖에까지 와서 대왕의 명령을 기다렸다.

"칠공주는 어서 들라."

오구대왕이 전교를 내리자 칠공주가 궁궐에 들어왔다. 양전 마마는 공주의 손목을 거머쥐고 눈물을 흘리며 말했다.

"너를 미워서 버렸을까? 역정이 나서 버렸구나. 홧김에 버렸구나. 추워서 어찌 살았으며, 더워서 어찌 살았으며, 배고파 어찌 살았으며, 부모 그리워 어찌 살았느냐?"

"비리공덕 할미와 할아비의 공덕으로 살았습니다."

낳아 준
은혜를 갚으리다

이후 무정한 세월은 흐르는 물과 같이 지나갔다. 양전 마마의 병세는
더욱 깊고 위태로워졌다.

"여봐라, 누가 무상신의 약령수를 구해 와서 국가를 보존하겠느냐?"

그러나 선뜻 나서는 신하가 없었다.

"이승 약이 아닌데, 어찌 얻을 수 있겠습니까?"

이에 여섯 공주를 모두 불러다 물어 보아도 하나같이 갈 수 없다는 말
만 할 뿐이었다.

마지막으로 칠공주를 불러다가 물었다.

"네가 가려느냐?"

"국가에 신세는 지지 않았지만, 어마마마 배 안에 열 달 들어 있던 공
을 갚기 위해 소녀가 가겠습니다."

"구슬가마를 주랴, 비단가마를 주랴."

"홀로 말을 타고 가겠습니다."

칠공주는 사승포*로 짠 바지와 저고리를 입고, 오승포*로 짠 두루마기를 입고, 쌍상투*를 쓰고, 세패랭이* 다섯 죽(옷 등을 세는 단위)에 무쇠지팡이를 짚었다. 그러고는 양전 마마의 수결*을 받아 바지에다 매고 말했다.

"여섯 형님이여, 양전 마마께서 같은 날 같은 시간에 승하하실지라도 제가 돌아올 때까지 기다려서 인산거동*을 내지 마십시오."

칠공주는 양전 마마와 여섯 형님께 하직하고 대궐문 밖을 나섰다. 그러고서 무쇠지팡이를 한 번 휘둘러 짚어 천 리, 두 번 휘둘러 짚어 이천 리, 세 번 휘둘러 짚어 삼천 리를 갔다.

때는 마침 춘삼월 호시절이었다. 살구꽃과 복숭아꽃은 만발하고, 향기로운 꽃과 풀은 바람에 흩날리고, 누런 꾀꼬리는 버들가지에 날아들고, 앵무새와 공작새는 깃을 다듬고, 뻐꾹새는 벗을 부르고 있었다. 또 해는 서산에 지고, 달은 동쪽에 떠오르고 있었다.

칠공주가 바위에 앉아서 멀리 바라보니 어둑어둑해지는 황금바위에 반송*이 덮여 있고, 그곳에서 석가세존이 지장보살*, 아미타불*과 설법*을 하고 계셨다. 칠공주가 가까이 가서 아홉 번 절을 하였다.

석가세존이 물었다.

"네가 사람이냐, 귀신이냐? 날짐승도 못 들어오고, 기어 다니는 벌레도 못 들어오는 곳이거늘 어찌하여 들어왔느냐?"

"국왕의 세자입니다. 마음을 다해 부모를 섬기고자 나왔다가 길을 잃었사오니, 석가세존님 은덕으로 길을 인도하여 주십시오."

"국왕에게 일곱 공주가 있다는 말은 들었어도 세자가 있다는 말은 처음 듣는다. 네가 태양서촌에 버려졌을 때 내가 너의 목숨을 구해 주었거늘 어찌 그런 말을 하느냐? 그건 그렇고 네가 평지 삼천 리는 용케 왔 다만, 험로險路(험한 길) 삼천 리는 앞으로 어찌 가려느냐?"

"가다가 죽더라도 가겠습니다."

"비단꽃을 줄 것이니, 이것을 갖고 가거라. 가다가 큰 바다가 나오면 이것을 흔들어라. 그러면 큰 바다가 육지로 변할 것이다."

사승포四升布 넉 새 굵기의 베를 말하며 '새'는 피륙의 날을 세는 단위이다.

오승포五升布 다섯 새 굵기의 베

쌍상투 옛날 관례(冠禮) 때에 머리를 갈라 두 개로 틀어 올렸던 상투를 말한다.

세細패랭이 가는 대로 만든 패랭이. 천인(賤人)이나 상제(喪制)가 쓰던 갓의 하나이다.

수결手決 성명이나 직함 아래에 도장 대신에 자필로 글자를 직접 쓰던 일, 또는 그 글자

인산거동因山擧動 '인산'은 태상황(太上皇) 및 그 비(妃), 임금 및 그 비, 황태자(皇太子) 부부, 황태 손(皇太孫) 부부의 장례를 일컫던 말이다.

반송盤松 키가 작고 가지가 옆으로 퍼진 소나무

지장보살地藏菩薩 산스크리트어로는 '땅의 모태'라는 뜻. 억압받는 자, 죽어 가는 자, 나쁜 꿈에 시 달리는 자 등의 구원자로서, 지옥으로 떨어지는 벌을 받게 된 모든 사자(死者)의 영혼을 구제할 때까 지 자신의 일을 그만두지 않겠다는 서원을 세웠다고 하는 부처이다.

아미타불阿彌陀佛 무량수불(無量壽佛)이라고도 하며 산스크리트어로는 '한량없는 빛'이라는 뜻이 다. 서방정토 극락세계에 머물면서 불법을 설파하는 부처이다.

설법說法 불교의 교의(教義)를 풀어 밝히는 것이다.

부모를
섬기는 일이라면

칠공주는 비단꽃을 받아 들고 길을 떠나 큰 바다에 이르렀다. 칠공주가
석가세존의 말씀을 생각하고 비단꽃을 내어 흔들었더니 큰 바다가 순
식간에 육지로 변하였다. 이렇게 해서 칠공주는 육지로 변한 바다를 쉽
게 건넜다. 이어 가시나무로 된 울타리, 쇠로 된 성이 하늘에 닿은 듯한
곳에 이르렀다. 그러자 갑자기 팔 없는 귀신, 다리 없는 귀신, 눈 없는
귀신, 억만이나 되는 귀신들이 악머구리 끓듯*소란스럽게 떠드는 소리
가 났다. 무상신이 사는 곳의 입구에 들어선 것이었다.

　그때 칠공주가 한 곳을 바라보니 동에는 푸른 유리로 만든 문이 서 있
고, 서에는 하얀 유리로 만든 문이 서 있었다. 남에는 붉은 유리로 만든
문이 서 있었으며 북에는 검은 유리로 만든 문이 서 있고, 한가운데에
는 정렬문*이 서 있었다. 그리고 그곳에 무상신이 서 있었다. 키는 하늘
에 닿은 듯하고, 얼굴은 쟁반만 하고, 눈은 등잔만 하고, 코는 절병통*
이 매달린 것 같고, 손은 솥뚜껑만 하고, 발은 석 자 세 치나 되는 신선

이었다. 칠공주가 하도 무섭고 끔찍하여 물러나 세 번 인사를 올리니, 무상신이 말했다.

"그대는 사람이냐, 귀신이냐? 날짐승도 못 들어오고, 기어 다니는 벌레도 못 들어오는 곳에 어떻게 들어왔으며, 어디서 왔는가?"

"나는 국왕마마의 세자로, 마음을 다해 부모를 섬기고자 왔습니다."

"부모를 섬기고자 왔으면 물 값 가지고 왔소, 나무 값 가지고 왔소?"

"바삐 오는 길에 그만 잊었습니다."

그러자 무상신이 말하였다.

"물 삼 년 길어 주소, 불 삼 년 때어 주소, 나무 삼 년 베어 주소."

이렇게 하여 칠공주는 석삼년 아홉 해 동안 무상신을 위해 허드렛일을 하였다. 그러자 무상신이 말했다.

"그대가 앞으로 보면 여자의 몸이 되어 보이고, 뒤로 보면 국왕의 몸이 되어 보이니 나와는 천정배필°이라. 나와 백년가약°을 맺어 일곱 아들을 낳아 주오."

"그렇게 해서라도 부모를 섬길 수 있다면 그리하겠습니다."

무상신과 칠공주는 하늘과 땅으로 장막°을 삼고, 등나무로 베개를 삼

악머구리 끓듯 참개구리를 잘 우는 개구리라는 뜻으로 악머구리라 일컫는다. '악머구리 끓듯 한다'는 알아들을 수 없이 소란하게 떠듦을 비유하는 속담이다.
정렬문貞烈門 여자의 지조나 절개가 곧고 굳음을 기념하기 위해 세운 문. 문맥상 효자문이라고 해야 옳을 것이다. 그래야 칠공주의 효성이 부각될 수 있기 때문이다.
절병통節瓶桶 지붕마루 가운데에 세우는, 기와로 된 항아리 모양의 장식으로 샤모 정자, 육모 정자, 팔모 정자 따위를 말한다.
천정배필天定配匹 하늘에서 미리 정하여 준 배필이라는 뜻으로, 나무랄 데 없이 신통히 꼭 알맞은 한 쌍의 부부를 이른다. 천생배필(天生配匹), 천상배필(天上配匹)이라고도 한다.
백년가약百年佳約 젊은 남녀가 부부가 되어 평생을 같이 지낼 것을 굳게 다짐하는 아름다운 언약
장막帳幕 한데에서 볕 또는 비바람을 피할 수 있도록 둘러치는 막

고, 잔디로 요를 삼고, 떼구름으로 차일遮日(햇볕을 가리기 위해 치는 포장)을
삼고, 샛별로 촛불을 삼아 혼인을 하였다. 그러고서 초경初更(저녁 7시에서
9시 사이)에 허락하고, 이경二更(밤 9시에서 11시 사이)에 머물고, 삼경, 사경四

更(새벽 1시부터 3시 사이), 오경에 인연을 맺어 일곱 아들을 낳아 준 후에 칠 공주가 말했다.

"부부 정이 아무리 중하다고 하지만 부모를 섬기는 것이 늦어 가니 이를 어찌해야 합니까? 초경에 꿈을 꾸니 은바리(은 밥그릇)가 깨져 보였습니다. 이경에 꿈을 꾸니 은수저가 부러져 보였습니다. 양전 마마가 같은 날 같은 시간에 승하하신 게 분명합니다."

"그대가 늘 길어오던 물이 바로 약령수이니 금장군*에 지고 가오. 그대가 늘 베어 왔던 나무가 살살이(살을 살아나게 하는 것) 나무, 뼈살이(뼈를 살아나게 하는 것) 나무이니 가지고 가오. 그나저나 앞바다의 물 구경이나 하고 가오."

"물 구경할 여유가 없습니다."

"뒷동산의 꽃구경이나 하고 가오."

"꽃구경할 여유도 없습니다. 그나저나 전에는 혼자 살아 왔으니까 괜찮았지만, 이제는 일곱 자식을 둔 홀아비 신세가 될 터인데, 앞으로 어찌 살아가려 합니까?"

"일곱 아기를 데리고 가오."

"그것도 부모를 섬기는 일이라면 그리하겠습니다."

큰 아기는 걸리고, 어린 아기는 업고 떠나려 하니, 무상신이 말했다.

"내가 그대 뒤를 따르면 어떠하오?"

"여필종부*라 하였으니, 그것도 부모를 섬기는 일이라면 그리하겠습니다."

올 적에는 한 몸이었으나 갈 적에는 여덟 몸을 데리고 돌아갈 처지가 된 칠공주는 무상신과 일곱 자식을 데리고 까치여울 피바다를 건넜다. 그런데 여기저기서 줄줄이 배가 떠오고 있었다.

"저기 가는 저 배는 무슨 배입니까?"

"그 배는 전생前生에 부모에 효도하고, 나라에 충성하고, 동생에 우애 있고, 일가에 화목하여 첫머리에서 선행자*를 받고, 둘째 머리에서 진부정가심*을 받고, 셋째 머리에서 사자삼성*, 지노귀새남*, 은돈·금돈을 받고, 서방정토*로 염불하면서 가는 배입니다."

또 한 곳에 다다르니 피바다에 밑이 없는 배가 떠오고 있었다.

"칠팔월에 악머구리 끓듯 울고 가는 저 배는 무슨 배입니까?"

"그 배는 전생에 부모에 불효하고, 나라에 역적하고, 동생에 우애 없고, 작은되로 빌려주고 큰되로 받고, 싸라기로 동냥 주고, 남을 모략한 죄로 인하여 억만 사천 지옥으로 울고 가는 배입니다."

"임자 없는 저 배는 무슨 배입니까?"

"그 배는 전생에 자식 없는 귀신이 해상으로 가는 배입니다."

금장군 '장군'은 물, 술, 간장 따위의 액체를 담아서 옮길 때에 쓰는 그릇으로 금으로 만든 장군을 말한다.

여필종부女必從夫 아내는 반드시 남편을 따라야 한다는 말이다.

선행자先行資 제일 먼저 주는 노자인데 여기서는 사람이 죽어 저승으로 갈 때에 인정 쓰라고 주는 돈을 일컫는다.

진부정가심 초상난 집에서 무당을 불러 그 부정을 없애기 위하여 하는 굿

사자삼성 저승 차사를 배불리 대접하는 일

지노귀새남 죽은 지 49일 만에 죽은 사람의 영혼을 천도하기 위하여 하는 굿

서방정토西方淨土 불교에서 부처가 있는 깨끗한 국토로, 넓은 의미로 보자면 부처의 세계를 말한다. 중생들의 세계는 번뇌와 더러움이 가득한 예토(穢土)인데 반하여, 부처의 세계는 깨끗하고 번뇌로부터 떠나 있기 때문에 정토라고 한다.

죽은 부모를 살리고
무조신이 되다

칠공주 일행은 까치여울 피바다로 떠오르는 배들을 구경하다 보니 어느새 불라국에 도착했다. 그런데 서울 안 넓은 들판이 인산인해*였다.

"여봐라 목동아, 장안 넓은 들판에 웬 사람이 저리 많으냐?"

"인정*을 받아야 말하겠소."

"인정이 무엇이냐?"

칠공주가 아기를 업을 때 사용했던 명도수건 일곱 자 일곱 치를 인정으로 주니, 목동이 그제야 입을 열어 말했다.

"배 안에 든 아이는 모르려니와 배 밖에 나온 아이는 양전 마마가 같은 날 같은 시간에 승하하셔서 인산거동이 난 줄 다 알고 있소. 그대는 사람인가, 귀신인가? 칠공주는 약수 삼천 리에 약을 얻으러 갔다던데, 죽었는지 살았는지 소식이 끊겨졌다오."

칠공주가 깜짝 놀라 일곱 자식은 덤불 밑에 숨기고 무상신은 수풀 속에 숨겼다. 그러고는 명정*, 삽선*을 바라보니 임금 왕 자 분명하고, 곧

포곤袍(임금의 관복) 만장*을 바라보니 신하 신 자 분명하였다. 칠공주는 곧바로 머리를 풀어 발상*하고 시녀상궁들에게 말했다.

"시녀상궁들아, 거리 안쪽으로 물러서라. 여러 신하들아, 장막의 바깥으로 물러서라. 소여小興(국상 때 쓰던 작은 상여), 대여大興(국상 때 쓰던 큰 상여)를 치워라."

칠공주가 관 뚜껑을 위로 굴려 네 귀퉁이를 물리치고, 곁매* 일곱 개의 고를 풀어 헤쳤다. 그러고는 숨살이는 코에 넣고, 뼈살이는 뼈에 넣고, 살살이는 살에 넣고, 일영주는 눈에 넣고, 약령수는 입에 흘려 넣으니 양전 마마가 같은 날 같은 시간에 다시 살아났다.

"잠도 깊이 들었구나. 앞바다로 물 구경을 나왔더냐? 뒷동산으로 꽃 구경을 나왔더냐?"

"물 구경도 아니옵고, 꽃구경도 아니옵니다. 양전 마마가 같은 날 같은 시간에 승하하셔서 인산거동이 났습니다. 칠공주가 약수 삼천 리에 가서 죽은 사람 살리는 약을 구해다가 같은 날 같은 시간에 다시 살아나신 것입니다."

이렇게 해서 인산령因山令(국상의 명령)을 걸고, 거동령舉動令을 놓으니

인산인해人山人海 사람이 산을 이루고 바다를 이루었다는 뜻으로, 사람이 수없이 많이 모인 상태를 이른다.
인정 신에게 바치는 모든 재화를 통틀어 말한다.
명정銘旌 붉은 비단에 흰 글씨로 죽은 사람의 본관, 관직, 성명을 여덟 글자로 쓴 깃발
삽선翣扇 상여 나갈 때에 앞장서는 깃발
만장輓章 죽은 사람을 슬퍼하여 지은 글. 장사 지낼 때에 비단이나 종이에 적어서 기를 만들어 상여 뒤를 따르게 한다.
발상發喪 부모나 조부모가 세상을 떠나서 상중(喪中)에 있는 상제가 머리를 풀그 울어서 상이 난 것을 알리는 일
곁매 시체를 곁에서 묶은 매듭으로, 일반적으로 일곱 매로 묶는다.

오구대왕은 통명전*으로 환궁하고 중전마마는 내전으로 환궁하였다. 이에 모든 신하와 삼천 궁녀가 만세를 부르고, 모든 백성도 일시에 만세를 불렀다. 모든 신하가 양전 마마께 문안을 올렸다.

"모든 신하의 문안은 있는데 왜 일곱째 아기씨의 문안은 없느냐?"

"일곱째 아기씨께서 죄를 짓고 왔습니다. 무상신과 부부가 되어 일곱 아들을 낳아 왔습니다."

오구대왕이 칠공주를 들이라 하니, 칠공주가 문안을 올렸다.

"네 죄가 아니라, 내 죄다. 너에게 나라의 반을 주랴? 사대문에 드는 재물을 주랴?"

"나라도 지녀야 나라이고 재물도 지녀야 재물입니다. 소녀, 부모 슬하에 있으면서 잘 먹고 잘 입지 못하였으니 무조신巫祖神(무당의 조상신)이 되겠습니다."

그리하여 칠공주 바리데기는 수놓은 저고리, 일곱 폭 치마, 수놓은 신발, 몽두리*, 방울, 붉은 띠, 부채를 가지고서 백재일*과 육재일*에 죽은 사람을 천도*하는 무조신이 되었다.

다음으로 무상신을 들이라고 하였다. 그러나 남대문에 무상신의 사모紗帽(벼슬아치의 모자)가 걸려 못 들어왔다. 할 수 없이 남대문의 옆을 헐고 들어오라 하여 통명전 넓은 뜰에 세워 놓고 보니 키가 대단히 컸다.

"승전전관들아, 아기씨와 무상신의 키를 나무 자로 재어 보아라."

통명전通明殿 창경궁 안에 있는 정전(正殿)으로 '정전'은 임금이 나와서 조회(朝會)를 하던 궁전이다.
몽두리 무당들이 굿을 할 때 겉에 입는 둥근 치마처럼 생긴 옷
백재일百齋日 사람이 죽은 지 100일 만에 올리는 재
육재일六齋日 한 달 중 깨끗이 목욕재계하는 여섯 날, 곧 음력 8, 14, 15, 23, 29, 30일을 말한다.
천도遷度 죽은 사람의 넋이 정토나 천상에 나도록 기원하는 일

"무상신의 키는 삼십삼천 서른세 자입니다. 일곱째 아기씨의 키는 이십팔수 스물여덟 자입니다."*

"그러면 너희는 천정배필이다. 무상신의 키로는 삼십삼천 바라*를 치게 하고, 일곱째 아기씨 키로는 이십팔수 인경*을 치게 하라."

이렇게 각각 다 먹고 입을 신직神職을 마련하여 주는데, 무상신은 노제*에 잘 차려 낸 음식상을 받게 마련하였다. 석가세존은 초재, 이재, 사십구재, 백재*를 받게 마련하고, 도리동산의 목동 강림도령*은 일곱 자 일곱 치 명도수건을 받게 마련하였다. 비리공덕 할미는 가시문과 쇠문에 거는 벌베(한꺼번에 많이 거는 베)를 받게 마련하고, 비리공덕 할아비는 벌초* 납향*을 받게 마련하였다. 일곱 아들은 은 두 돈 한 푼의 불전 佛錢(부처에게 바치는 돈)을 받게 마련하였다.

무상신의~자입니다 삼십삼천(三十三天)은 원래 불교 용어이고, 이십팔수(二十八宿)는 원래 천문 용어이다. 여기서는 무상신과 일곱째 아기씨의 키를 나타내는 숫자로 제시되었을 뿐만 아니라, 통행 금지와 해제를 알릴 때 쇠북을 치는 횟수가 이들의 키에서 유래되었다고 설명하고 있다. 사회제도의 기원을 신화적으로 설명하는 방식이라고 하겠다.

바라 큰 쇠북인데 오경 삼점(三點)에 통행금지를 해제하기 위하여 서른세 번 쳤다. 하룻밤을 오경 으로 나누고, 일경(一更)을 다시 삼점으로 나누었다.

인경 통행금지를 알리기 위하여 큰 쇠북을 스물여덟 번 치는 것

노제路祭 상여가 나갈 때에 친지 등이 아쉬움을 표하는 뜻으로 길에서 지내는 제

초재~백재 초재(初齋)는 사람이 죽은 뒤 첫 7일 만에 올리는 재, 이재(二齋)는 사람이 죽은 뒤 14일 만에 올리는 재, 사십구재(四十九齋)는 사람이 죽은 지 49일 되는 날에 지내는 재, 백재(百齋)는 사람 이 죽은 지 100일 만에 지내는 재이다. 사람이 죽으면 보통 7일마다 한 번씩 재를 올리는데, 처음 지 내는 재를 초재라 하고, 그 다음부터 이재, 삼재로 부른다.

강림도령 저승차사 중 하나로 강림이 저승차사가 된 과정을 담은 무속신화가 「차사본풀이」이다.

벌초伐草 무덤의 풀을 베어서 깨끗이 하는 것. 이때 무덤에 간단하게 제사를 지낸다.

납향臘享 납일(臘日)에 한 해 동안 지은 농사 형편과 그 밖의 일들을 여러 신에게 고하는 제사. 납 일은 예전에 민간이나 조정에서 조상이 종묘 또는 사직에 제사 지내던 날을 말한다.

생산과 죽음을 관장하는 한국 대표 여신들의 신화

🔵 우리 민족의 세계관을 담은 신성한 이야기, 한국신화

한국에도 신화가 있는가? 있다면 어떤 신화들이 있는가? 전문학자들을 제외하면 이런 질문에 명쾌하게 대답할 사람이 많지 않다. 설혹 답을 하더라도 고조선의 단군신화나 고구려의 주몽신화를 떠올리는 정도일 것이다. 한편에서는 단군신화나 주몽신화를 역사로 여기며 한국신화가 존재하지 않음을 강조하는 사람들도 있다. 그만큼 한국의 일반인들은 한국의 신화를 속속들이 알지 못한다. 한국신화의 부재를 제대로 확인했다기보다는 모르는 것을 곧잘 '없다'라는 말로 객관화시켜 버리는 것이다.

하지만 실제로 한국은 '신화의 나라'라고 할 만큼 많은 신화가 구비 전승되고 있다. 신화는 문자로 기록되어 전승되는 문헌신화와 입에서 입으로 구비 전승되는 구전신화로 나눠진다. 문헌신화에는 단군신화, 주몽신화, 신라의 박혁거세 · 김알지 · 석탈해 신화, 가야의 김수로 신화, 탐라국의 삼성혈 신화 등이 있다. 이들 신화는 모두 건국과 관련된다는 점에서 건국신화로 분류하는 것이 일반적이다. 명문 성씨의 족보에 시조의 탄생, 업적 등을 신성하게 꾸며 실은 신화도 있는데 이들은 시조신화로 분류하여 다룬다.

전반적으로 한국신화를 볼 때 문헌신화가 차지하는 비중은 크지 않다. 한국 신화의 대부분은 구비 전승되는 구전신화이며 주로 굿이라고 하는 제전祭典에서 사제자인 무당에 의해 노래로 불린다. 따라서 굿을 보지 않으면 구전신화가 전승되고 있는지 자세히 알 수가 없다. 볼 수 없었기에 들을 수 없고, 들을 수 없으니 한국의 신화들을 제대로 알아 오지 못한 것이다. 굿을 미신으로 여기는 풍조가 오랫동안 이어지고, 서구 종교들의 영향으로 굿을 더욱 외면하면서 이런 현상은 더해졌다. 그러나 한국의 구전신화는 우리 민족의 응축된 세계관을 담고 있는 신성한 이야기이다.

한국신화보다 우리에게 더 잘 알려진 그리스 · 로마신화도 굿과 비슷한 자신들만의 고유 신앙과 제전을 통해 처음 만들어졌다. 다만 일찍이 유명한 시인들

굿 상 앞에 모셔진 한국의 다양한 신

에 의해 문학적으로 윤색되고 예술적 소재로 이용되며 세련된 모습을 갖추었을 뿐이다. 유독 우리 구전신화에만 날카로운 잣대를 들이대 차가운 평가를 내리는 것은 우리 스스로를 부정하는 것과 다르지 않다. 신화는 그 신화를 신성시하는 집단의 세계관을 담고 있다는 점에서 우리의 신화를 더 잘아야 할 이유는 분명해진다. 한국신화는 미신이라는 평가나 종교적 편견으로 배척해야 할 대상이 아니라 한국인으로서 살아가는 한 껴안아야 할 소중한 자산인 것이다.

🔵 탄생과 생산을 관장하는 신, 당금애기 신화

당금애기 신화는 어떻게 전승되어 왔을까

당금애기 신화와 바리데기 신화는 가장 대표적인 우리 구전신화로 평가받는다. 두 신화 모두 한반도 전역에서 전승되어 왔고 지금도 전승 중인 무속신화인데, 당금애기 신화의 경우 제주도 지역에서까지 전승되고 있어 대표성을 더 갖추었다고 할 수 있다. 현재까지 30여 편 이상이 채록되었으며, 그 중 가장 이른 시기의 것은 손진태孫晉泰가 평안북도 강계에서 전명수田明守 무격巫覡으로부터 채록하여 『문장』(1940년 9월)에 소개한 「성인노리푸념」이다.

　당금애기 신화는 지역에 따라 「삼태자풀이」(평안남도 평양), 「제석본풀이」(경기도 양평), 「당고마기노래」(강원도 강릉), 「제석풀이」(충청북도 청주), 「제석굿」(충청남도 부여, 전라북도 줄포·순창, 전라남도 진도·목포·광주), 「시준굿」(강원도 강릉), 「초공본풀이」(제주도) 등으로 다양하게 불린다. 하지만 신화의 여주인공인 '당금애기'의 이름을 따서 「당금애기」라고 지칭하는 것이 일반적이다. 일부 지역에서는 「제석굿」, 「시준굿」이라고도 하는데 이는 신화가 생산을 기원하는 성격의 굿인 제석굿이나 시준굿에서 불렸기 때문이다. 당금애기 신화에서 당금애기는 삼신[産神]이 되고 그녀의 아들 삼형제는 삼제석이 되는데, 공통적으로 생산기복生産祈福과 관련된 신이다.

전승 지역에 따라 다른 서사와 내용

각 지역에서 전승되는 당금애기 신화의 공통적인 서사 단락은 다음과 같다.

> 딸아기의 가족은 모두 볼일을 보러 가고 딸아기만 집에 남는다. ▶ 중은 시주를
> 요청하고 딸아기는 중에게 시주를 한다. ▶ 중은 딸아기에게 자기를 찾는 방법을
> 일러 주고 사라진다. ▶ 딸아기는 잉태를 한다. ▶ 딸아기의 가족이 귀가하여 잉태
> 한 사실을 알게 된다. ▶ 딸아기는 처형당하게 되었으나 참형은 면한다. ▶ 딸아기
> 는 삼형제를 낳아 기른다. ▶ 딸아기는 삼형제와 함께 중을 찾아간다. ▶ 중은 삼형
> 제의 이름을 짓는다.

그러나 각 지역마다 서사의 특징이 있어 동북부 지역, 남서부 지역, 제주도
지역의 특징이 조금씩 다르다. 동북부 지역의 당금애기 신화는 아래와 같이 전
개된다.

> 딸아기의 가족들은 모두 볼일을 보러 가고 딸아기만 집에 남는다. ▶ 중은 딸아기
> 의 집에 도착하여 잠긴 문을 신통력으로 연다. ▶ 중은 시주를 요청하고 딸아기는
> 중에게 시주를 한다. ▶ 중은 자고 가기를 요청한다. ▶ 딸아기는 잠자는 도중에 잉
> 태를 암시하는 꿈을 꾼다. ▶ 중은 해몽으로 아들 삼형제를 예언한다. ▶ 중은 딸아
> 기에게 자기를 찾는 방법을 일러 주고 사라진다. ▶ 그 후 딸아기는 잉태한다. ▶
> 딸아기의 가족들이 귀가하여 잉태한 사실을 알게 된다. ▶ 딸아기는 처형당하게
> 되었으나 참형은 면한다. ▶ 딸아기는 감금된다. ▶ 감금된 딸아기는 아기를 낳는
> 다. ▶ 아이들은 글공부를 하다가 동료들에게 조롱을 당한다. ▶ 아이들은 어머니
> 를 졸라 아버지의 근본을 알아낸다. ▶ 딸아기와 아이들은 중을 찾아간다. ▶ 중은
> 아이들을 만나자 혈육을 확인하기 위한 시험을 한다. ▶ 중은 손가락에 피를 내어

피가 합쳐지는 것을 보고 혈육임을 인정한다. ▶ 중은 아이들의 이름을 짓는다. ▶ 중은 딸아기와 아이들에게 직책을 부여한다.

서남부 지역의 서사는 결말 부분에서 약간의 차이를 보인다.

딸아기의 가족들은 모두 볼일을 보러 가고 딸아기만 집에 남는다. ▶ 중은 딸아기의 집에 도착하여 잠긴 문을 신통력으로 연다. ▶ 중은 시주를 요청하고 딸아기는 중에게 시주를 한다. ▶ 중은 시주를 받으며 잉태의 계기가 되는 행위를 한다. ▶ 중은 딸아기에게 자기를 찾는 방법을 일러 주고 사라진다. ▶ 딸아기는 잉태한다. ▶ 딸아기의 가족들은 귀가하여 잉태한 사실을 알게 된다. ▶ 딸아기는 처형당하게 되었으나 참형은 면한다. ▶ 딸아기는 추방된다. ▶ 딸아기는 중을 찾아간다. ▶ 딸아기가 아기를 낳자 중은 세속 살림을 준비한다. ▶ 중은 아이들의 이름을 짓는다.

제주도 지역에서 구전된 당금애기 신화는 보다 독립적이다.

딸아기의 가족들은 모두 볼일을 보러 가고 딸아기만 집에 남는다. ▶ 쿠모들은 집을 떠나며 딸아기를 감금한다. ▶ 딸아기가 아름답다는 사실을 중이 알게 된다. ▶ 중은 딸아기의 부친과 내기를 한다. ▶ 중은 딸아기의 집에 도착하여 잠긴 문을 신통력으로 연다. ▶ 중은 시주를 요청하고 딸아기는 중에게 시주를 한다. ▶ 중은 시주를 받으며 잉태의 계기가 되는 행위를 한다. ▶ 중은 딸아기에게 자기를 찾는 방법을 일러 주고 사라진다. ▶ 딸아기는 잉태한다. ▶ 딸아기의 가족들은 귀가하여 잉태한 사실을 알게 된다. ▶ 딸아기는 처형을 당하게 되었으나 참형은 면한다. ▶ 딸아기는 추방된다. ▶ 딸아기는 중을 찾아간다. ▶ 딸아기는 삼형제를 낳는다. ▶ 삼형제는 글공부를 하다가 동료들에게 조롱을 당한다. ▶ 중은 아이들에게 직책을 부여한다.

세 지역으로 나눠 당금애기 신화의 내용을 견줘 보면, 동북부 지역과 서남부 지역은 지역적 특징이라고 할 만한 차이를 보인다. 동북부 지역의 자료에 있는 중이 자고 가기를 요청하고, 딸아기가 잉태를 암시하는 꿈을 꾸고, 중이 해몽을 통해 아들 삼형제를 예언한다는 내용은 서남부 지역에서는 찾아볼 수 없다. 이것은 분량의 많고 적음이나 구연자의 망각, 윤색과는 전혀 관련이 없어, 전승 과정에서 달라진 내용이라고는 볼 수 없다. 따라서 한반도 본토에서는 크게 동북부 지역과 서남부 지역으로 나뉘어 「당금애기」가 전승된다고 본다.

제주도 지역과 서남부 지역을 견줘 보면 서남부 지역에는 딸아기가 출산한 아이들의 활동이 누락되어 있다. 이는 분량의 많고 적음이나 구연자의 망각, 윤색에 의해 달라졌을 가능성이 높은 내용이다. 서남부 지역에서 전승된 신화는 기본적인 전개가 나머지 지역과 일치하지만, 전반적으로 서사가 빈약한 특징이 있다.

한편, 제주도 지역의 신화는 딸아기가 감금되지 않고 추방된다는 점에서 서남부 지역과 비슷하고, 딸아기가 낳은 아이들의 활동이 제시되고 있다는 점에서 동북부 지역과 유사해 독립적 성격을 갖고 있다. 특히 삼형제가 아버지를 찾아갈 때의 서술이 특이하다. 동북부 지역에서는 어머니인 딸아기에게 물어서 알아내는데 비해, 제주도 지역에서는 외할아버지가 아버지 있는 곳을 가르쳐준다. 주로 삼형제에 초점을 맞춰 서술하는 점이나 세부적인 차이 등이 제주도 지역 신화의 독자성을 보여 준다.

하늘의 천신과 땅의 지신이 만나다

당금애기 신화를 이해하기 위해서는 우선 남녀 주인공의 성격을 제대로 파악할 필요가 있다. 남자 주인공은 어느 이본에서건 공통적으로 스님이다. 그러나 신화에서 스님은 전혀 스님답지 않은 행동을 한다. 시주를 핑계로 당금애기에게 접근하여 임신을 시키는 것은 전혀 스님답지 않은 모습이다. 그렇다면 당금애기 신화는 파계승破戒僧을 주인공으로 한 신화인가? 그렇지도 않다. 스님은 전지전능한 존재자로도 그려지고 있기 때문이다. 풍운둔갑법을 터득하여 인간 세상의 사람들을 구제해 주며 당금애기 집의 잠긴 대문과 광문을 여는 신통력을 발휘하기도 한다. 파계승의 이미지와 전지전능한 존재자로서의 이미지는 전혀 어울리는 않는 인물 설정 방식이다. 이본에 따라서는 스님이 여주인공을 임신시킨 죄로 삼신제왕이 되는 내용도 확인되는데 죄의 대가를 치러야 할 스님이 인간 세상의 잉태를 주관하는 삼신제왕이 된다는 것도 모순적이다. 때문에 이 신화의 남자 주인공이 정말 스님일까 하는 의문이 계속 남는다.

몇몇 이본에서 스님이 거처하는 곳으로 나오는 '황금산'의 '황금'은 '대신大神'을 뜻하는 고어古語인 '한금'으로 해석할 수 있다. 대신은 흔히 우리나라의 무속신을 지칭하기 때문에 스님의 원래 신분은 우리나라의 고유 신격이었을 것으로 보인다. 남자 주인공이 종이말을 타고 하늘로 올라갔다거나, 여주인공과 함께 하늘로 올라갔다고 하는 이본의 내용들을 참조해 보면 남자 주인공은 대신 중에서도 천신이었을 가능성이 크다. 따라서 당금애기 신화에서 남자

인왕산 국사당의 삼불제석
세 명의 제석신이 승복을 입고 고깔을 쓴 채 연꽃 위에 걸터앉아 있다. 각각 사람의 목숨, 삶의 행복, 농사의 풍요를 맡고 있으며, 손에는 그것을 상징하는 물건을 들고 있다. (중요민속자료 제17-1호)

주인공의 원래 신분은 천신이었는데, 고등 종교인 불교의 수용과 대중화에 따라 불교식으로 바뀌었다고 볼 수 있다.

여주인공인 당금애기는 남자 주인공에 비해 덜 혼돈스럽다. 이본에 따라서는 '시준아기', '세존아기', '제석님네 따님아기' 등의 불교식 명칭이 보이지만 일부이며 '당금애기'('당고마기', '당구매기', '당금각씨')로 불리는 경우가 훨씬 더 보편적이다. 따라서 '당금'의 의미를 파헤쳐 보면 여주인공의 신적 성격을 파악할 수 있다.

'당금'은 고구려어에서 마을이나 골짜기를 의미하는 단어인 '당'(또는 단)에 '신'을 뜻하는 고어 'ᄀᆞᆷ'이 덧붙여져 만들어진 합성어로 마을신이나 골짜기의 신을 지칭한다고 보는 것이 일반적이다. 수렵이나 농경을 하던 집단이 골짜기를 차지하고 공동체 생활을 꾸려 갔다면 당금애기는 그러한 지역을 지켜 주는 지역수호신이자 마을신이었다. 또한 우리나라의 무속신화에서 신격에 오르는 일반적 방식이 행위에 대한 결과와 밀접하게 연결되어 있다는 점에 주목하면 당금애기는 출산을 관장하는 생산신이었을 가능성이 크다. 신화에서 그녀가 이룬 주요 업적이 세쌍둥이(삼불제석)의 출산이기 때문이다. 실제로 당금애기가 '삼신'이 되는 내용이 담긴 이본도 있다. 따라서 당금애기의 신적 성격은 지역수호신이자 생산신인 여신으로 규정할 수 있을 것이다. 따라서 「당금애기」는 천신과 지신의 결합을 근간으로 하는 신화라고 할 수 있다.

건국신화와 농경신화에 뿌리를 두다

단군신화나 주몽신화도 천신과 지신이 결합한다는 점에서는 구조가 같다. 남신보다는 여신이 수난을 받는다는 점에서도 상당히 유사한데, 특히 고구려의 주몽·유리왕 신화와 연관성이 크다. 해모수가 유화와 결혼한 후 혼자 하늘로 올라가는 것은 스님이 당금애기를 임신시키고서 사라지는 것과 비슷하며, 유화가 햇빛을 쬔 후 임신한 것은 당금애기가 꿈에서 붉은 구슬 세 알을 받은 후 잉태하는 것과 유사하다. 붉은 구슬은 태양의 정기를 암시하는 것으로 해석할 수 있기 때문이다. 유화의 아들 유리가 아버지 주몽을 찾아가는 것도 당금애기의 세쌍둥이가 어머니와 함께 아버지를 찾아가는 것과 비슷하다.

기록된 형태로 전해져 온 고구려의 건국신화에 비해 구전 형태로 전해져 온 당금애기 신화의 내용 변이가 클 것이라는 점을 고려한다면 고구려의 건국신화와 무속신화 「당금애기」는 기원이 동일할 가능성이 크다. 고구려의 제천 행사인 동맹東盟은 주몽신과 유화신을 모시는 국가 행사였기 때문에 이를 주관하는 사제자인 무당은 당연히 국가 시조신에 대한 신화를 구송했을 것이다. 그러나 점차 무당의 정치적 권위가 추락하고 건국신화와 상관없이 구전으로만 신화 구송이 이뤄지면서 내용상의 변화가 일어났다고 할 수 있다. 이것이 오늘날의 당금애기 신화가 되었다고 보는 것이다.

당금애기 신화는 건국신화뿐만 아니라 농경신화와도 연관성이 있다. 이본의 내용 중에는 스님이 준 쌀알 세 개를 먹고 세쌍둥이를 임신하는 것도 있는데, 이는 당금애기를 농경 생산을 주관하는 지모신地母神 신격으로 이해한 것이라고 할 수 있다. 대지에 곡식을 뿌리면 싹이 돋아 새로운 곡물이 생산되는 것처럼 당금애기가 쌀을 삼켜 세쌍둥이를 임신한 것은 농경신화적이다. 또한 당금애기가 토굴에 갇혀 세쌍둥이를 낳는 것도 곡물이 대지를 뚫고 자라는 것과 같은 농경신화적 발상이다. 인간의 출산과 곡물의 생산이 동일하게 인식되고, 출산을 관장하는 삼신의 주요한 기능이 대지에서의 생산으로까지 확대되었음을 구체적으로 보여 준다는 점에서 「당금애기」는 중요한 신화사적 의의를 갖는다.

죽음을 관장하는 신, 바리데기 신화

바리데기 신화는 어떻게 전승되어 왔을까

바리데기 신화는 제주도를 제외한 한반도 전역에서 전승되고 있는 구전신화이며 현재까지 50편 이상의 이본이 조사·소개되었다. 그 중에는 구연 현장에서 채록한 것도 있고, 무속인巫俗人들이 갖고 있던 필사본을 통해 소개된 것도 있는데, 구연 현장에서 조사된 것이 압도적으로 많다.

바리데기 신화가 학계에 처음 소개된 것은 1937년이다. 일본인 학자 아카마쓰 지죠[赤松智城]와 아키바 다카시[秋葉隆]가 서울 지역 강신무降神巫 배경재裵敬載가 구연한 것을 채록하여 『조선무속의 연구』에 소개한 것이 최초이다. 이후 1960년대에 들어와서 국내 학자들에 의해 다수의 이본이 조사·채록되고 학문적인 분석도 시작되었다. 주로 바리데기가 갖고 있는 신화적 성격, 각 지역에서 채록된 바리데기 신화의 공통점과 차이점, 바리데기 신화와 제의祭儀(굿)의 관계에 연구의 초점이 맞춰졌다. 첫 번째와 두 번째 시각은 바리데기 신화를 하나의 문학 작품으로 해석한 것이고, 세 번째의 관점은 바리데기 신화와 전승 환경을 민속학적으로 해석한 것이라고 할 수 있다.

「바리데기」는 죽은 사람의 혼령을 천도하기 위해 행해지는 제의에서 불리는 신화이다. 이러한 제의는 지역마다 '새남굿'(서울 지역), '진오기굿'(중부 지방), '오구굿'(영남 지방), '씻김굿'(호남 지방), '망묵이굿'(관북 지방) 등 서로 다른 명칭으로 불린다. 대부분 지역의 바리데기 신화에서 결말부에 바리데기가 굿을 받는 신격에 오른다는 점에서 바리데기의 신적 성격과 제의가 대체로 일치함을 볼 수 있다.

전승 지역에 따라 다른 서사와 내용

각 지역에서 조사된 바리데기 신화의 서사 단락과 특징을 살펴보면 일곱째로 태어나 버려진 아이가 약수나 약꽃을 가져와 죽은 부모를 살려 낸다는 내용은 공통적이지만 세부 내용은 차이가 있다.

호남 지역의 바리데기 신화는 버림받은 딸이 약수를 구해다가 부모를 살려 낸다는 기본 골격 외의 서사는 풍부하지 않다.

오구님(오구대왕)과 오구님 부인이 결혼하여 계속해서 딸만 일곱을 낳는다. ▶ 오구대왕은 산속 또는 쑥대밭에 일곱째 딸(바리데기)을 버린다. ▶ 일곱째 딸은 동물의 도움으로 성장한다. ▶ 오구대왕이 병이 든다. ▶ 오구대왕의 병은 시영산의 약수를 먹어야 낫는다고 한다. ▶ 버림받은 딸을 찾아 약수를 길어 올 것을 부탁한다. ▶ 바리데기는 약수를 지키는 상국서를 만나 9년 동안 일해 주고 아들 삼형제를 낳아 준 뒤 약수를 얻어 돌아온다. ▶ 바리데기는 약수를 써서 이미 죽은 부친을 회생시킨다. ▶ 바리데기는 오구시리를 받아먹는 신이 된다.

이에 비해 동해안 지역에서는 바리데기의 수난과 고행, 신성 획득의 과정이 인과론적으로 장황하게 짜여 있고 장면 묘사에 삽입 가요나 골계적 삽화가 많이 끼어들어 서사가 풍부하고, 신성성과 서사시로서의 골계성을 함께 보여 준다.

옛날 오귀대왕과 왕비 길대부인이 다스리는 불라국이 있었다. ▶ 길대부인은 계속해서 딸만 여섯을 낳는다. ▶ 오귀대왕과 길대부인은 왕자를 낳기 위해 스님에게 시주를 한 뒤 서왕모의 딸이 품에 드는 꿈을 꾸고 일곱째 아기를 잉태한다. ▶ 그러나 일곱째 아기도 낳고 보니 딸이었다. ▶ 오귀대왕은 아기를 인적이 없는 곳에 버리라고 명령한다. ▶ 길대부인은 아기를 바리데기라고 이름 짓고 깊은 산중의 바위 위에 버리고 돌아온다. ▶ 바리데기는 산중에서 청학, 백학의 보호를 받고 산신령의 도움으로 자라난다. ▶ 오귀대왕은 딸 여섯을 키워 출가시킨 뒤 큰 병이 드는데, 어느 날 노스님이 찾아와 서천 서역국의 약물을 구하여 먹어야 낫는다고 한다. ▶ 여섯 딸들에게 약수를 구해 오라고 하였으나 모두 거절한다. ▶ 길대부인은 바리데기를 버린 곳을 찾아가 15세 된 바리데기를 만난 뒤 함께 궁중으로 돌아와 약수를 구해 올 것을 부탁한다. ▶ 바리데기는 남장을 하고 서천국으로 떠난 뒤 수많은 사람에게 길을 물어 반야선을 타고 스물네 개의 강을 건너 동수자가 지키는 약수터에 이른다. ▶ 바리데기는 동수자와 잠을 자다가 여자임이 드러나고 동수자의 요구로 결혼해서 아들 삼형제를 낳아 주고 약수와 약꽃을 얻어 돌아온다. ▶ 불라국에서 오귀대왕의 상여가 떠나갈 때 바리데기가 당도하여 약수와 약꽃으로 왕을 살려 낸다. ▶ 바리데기는 북두칠성 중 첫 번째 별이 되는 한편, 오구문을 책임져서 중생을 극락으로 천도하는 신이 되고, 아들 삼형제는 삼태성, 오귀대왕과 길대부인은 견우직녀가 된다.

골계성이 더욱 극대화되어 나타나는 곳은 함남 지역이다. 골계적 삽화의 비중이 크고 신성성은 퇴색되어 서사적 인과 논리에서 일탈하여 전개되는 장면이 많다.

수차랑선배와 덕주아는 천상에서 죄를 짓고 지상으로 귀양 온다. ▶ 둘은 결혼을 하여 부부가 되고 자식을 얻기 위해 기도를 드린다. ▶ 딸만 계속 여섯을 낳자 부부는 자식을 그만 낳기로 합의한다. ▶ 수차랑선배가 술에 취해 약속을 어기고 덕주아 부인은 일곱째 아기를 잉태한다. ▶ 수차랑선배는 하늘로 올라간다. ▶ 덕주아는 일곱째로 낳은 딸을 돌함에 넣어 용늪에 버린다. ▶ 수궁용왕 부인이 빨래를 하다가 아기를 구출하고 자기가 낳은 딸이라고 수궁용왕을 속인다. ▶ 수궁용왕은 바리데기가 지은 조복朝服을 입고 오제용왕五帝龍王에게 조회를 갔다가 바리데기가 친딸이 아니라는 사실을 안다. ▶ 바리데기는 친어머니를 찾아가 언니들에게 조롱을 당하고 어머니와 단지합혈斷指合血을 한 후 모녀상봉을 한다. ▶ 어머니가 병이 들자 바리데기가 약수를 구하려고 서천 서역국으로 출발한다. ▶ 바리데기는 약수를 찾아가는 도중 신선계 사람을 만나 부부가 된다. ▶ 바리데기는 남편이 사는 곳에서 약꽃과 약수를 발견하고 남편 모르게 약수와 약꽃을 훔쳐 귀가한다. ▶ 바리데기는 길을 가르쳐 준 사람들을 만나 그들의 죄상을 설명해 준다. ▶ 바리데기는 어머니의 상여를 만나 약수와 약꽃으로 어머니를 회생시킨다. ▶ 어머니는 재산을 다투는 여섯 딸을 모두 죽인다. ▶ 바리데기도 따라 죽는다. ▶ 어머니는 바리데기의 제사를 지내러 가다가 대사에게 속아 재 올리는 구경을 다니다 죽는다.

한편 서울을 포함한 중서부 지역에서 전승된 바리데기 신화는 사건이 인과론적으로 전개되고 신의 위대함이 가장 잘 나타난다. 서사적으로도 풍부한 내용을 보여 주며 신화의 신성성도 가장 구체적이다.

옛날 어느 왕국의 국왕이 즉위하여 결혼을 하려고 문복을 한다. ▶ 점쟁이는 '금년에 혼례를 하게 되면 공주만 일곱을 낳을 것이고, 내년에 혼례를 하면 왕자 셋을 낳을 것'이라고 예언한다. ▶ 왕은 점쟁이의 말을 믿지 않고 바로 그 해에 결혼한다. ▶ 왕비는 계속해서 공주만 여섯을 낳는다. ▶ 왕은 점쟁이의 예언이 실현되는 것을 알고 왕자를 낳게 해 달라고 신께 치성을 드린다. ▶ 왕과 왕비는 상서로운 태몽을 꾸고 일곱째 아기를 잉태하여 왕자가 태어날 것을 기대하였으나 낳고 보니 또 공주였다. ▶ 왕은 화가 나서 일곱째로 태어난 공주를 옥함에 넣어 강물에 띄워 버린다. ▶ 바리데기는 석가세존의 지시를 받은 비리공덕 할아비와 비리공덕 할미에게 구출되어 키워진다. ▶ 바리데기가 15세가 되었을 때 왕은 병이 드는데, 꿈에 신의 사자인 청의동자가 나타나 바리데기를 버린 죄로 병이 든 것이며 병을 고치려면 내버린 공주를 찾아내어 신선 세계의 약수를 길어다 먹어야 한다고 말한다. ▶ 왕의 명령을 받은 신하가 바리데기를 찾아내어 궁중으로 데려와 부모를 만나게 하고 바리데기는 약수를 구하려고 여행길에 오른다. ▶ 바리데기는 여러 신의 도움으로 저승 세계를 지나서 신선 세계에 도달하고 약수를 지키는 무장승을 만나 나무 해 주기, 물 길어 주기, 불 때 주기를 3년씩 하는 것으로 약수 값을 치른 뒤, 무장승과 결혼하여 아들 일곱 형제를 낳은 후에 비로소 약수를 얻어 돌아온다. ▶ 왕이 이미 죽어 장례를 지내려고 할 때 바리데기가 약수를 갖고 나타나 죽은 아버지를 살려 낸다. ▶ 살아난 왕은 바리데기가 자기를 살려 낸 사실을 알고 딸의 소원을 들어 주는데, 바리데기는 무신巫神이 되어 무당이 올리는 제사 음식을 받아먹도록 하고, 바리데기의 일곱 아들은 저승의 십대왕이 되게 하고, 무장승은 산신이 되게 한다.

여성 영웅 바리데기, 죽음을 극복하다

바리데기 신화를 문학 작품으로 간주했을 때, 가장 주목할 만한 점은 바리데기가 여성 영웅이라는 점이다. 남성 영웅 중심의 신화학에서 흔히 얘기하는 '영웅의 일생'에 바리데기의 일생을 대입해 보면 바리데기의 모습은 영웅의 형상 그 자체라고 할 수 있다. 공주라는 고귀한 혈통으로 태어났으나 곧바로 버려졌고, 양육자를 만나 구출되고 키워졌으며, 죽은 부친을 살려 내는 위대한 공을 세우고 영광스럽게 무신이 되는 과정을 거치는 것이다.

바리데기는 일곱 번째 공주로 태어나지만 여자아이라는 이유로 낳자마자 버려진다. 왕위를 이을 수 있는 것은 남자아이뿐이라는 인식에서 나온 행위인데, 부모와 자식의 관계보다도 왕위를 이을 남아의 출생이 긴요한 문제였음을 보여 준다. 그러나 궁극적으로는 바리데기를 '하늘이 낸 인물'로 설정함으로써

바리데기
삼회장저고리에 트레머리를 하고
손에는 생명을 구하는 꽃을 들고 있다.
(건들바우 박물관 소장)

부왕의 이러한 인식이 잘못되었음을 지적한다.

　바리데기는 태어나자마자 부왕에게 버려지면서 죽음의 상황에 내몰리게 되는데 이는 바리데기의 첫 번째 죽음이자 '타살적他殺的' 죽음이다. 부왕은 가족 유지와 국가 유지의 수단으로 딸을 버리지만 이는 실패로 돌아가고, 부왕은 오히려 병을 얻으며 위기에 내몰린다. 부왕을 구하기 위해 바리데기가 향하는 '서천 서역국'은 저승을 상징하는데 살아 있는 인간이 저승에 갈 수 없으므로 바리데기의 저승 여행은 또 다른 죽음을 의미한다고 할 수 있다. 이것은 바리데기의 두 번째 죽음이자 '자살적自殺的' 죽음이기도 하다. 또한 바리데기가 계획한 가족 유지의 방법이자 국가 유지의 방법이라는 의미도 갖는다.

　바리데기의 일차적 죽음은 생물적인 것에 가깝고, 이차적 죽음은 의식적·이데올로기적인 것에 가깝다. 둘 다 죽음에 내몰리는 것이지만, 이차적 죽음은 오히려 남성 중심의 왕통과 가통 계승이라는 이데올로기에 종말을 고하는 것으로 작용한다. 부왕이 다시 살아나서 바리데기를 자식으로 인정한 것은 이러한 이데올로기의 힘이 사라졌음을 보여 주기 때문이다.

가족을 회복시키는 생명수를 찾다

한국의 무속 또는 무속신화에 드러나는 내용 중 가장 주요한 요소가 '가족'이다. 무의식巫儀式은 대부분 가족 구성원의 복을 빌거나 축귀逐鬼·축사逐邪를 통해 가족의 안전을 축원하기 위해 이루어진다. 가족의 범위를 벗어나서 축원祝願이 이루어지는 경우는 거의 드물다. 따라서 무속신화에서는 가족 구성원의 안전한 결속을 이야기하는 것이 주종을 이룬다. 여러 요인에 의해 가족의 유지 또는 안전이 위협을 받지만 결국은 위협 요소들이 제거되면서 애초의 상태로 회귀하는 내용을 다루고 있는 것이다.

　「바리데기」 역시 마찬가지이다. 부왕은 가족의 유지보다도 국가의 유지를 중시함으로써 일곱 번째 딸을 버리는 것을 정당화한다. 자의는 아니지만 모든 정성을 다해 남자아이를 기원한 부모의 입장에서 볼 때 바리데기의 출생은 절망

감의 깊이를 더해 주는 사건이자 가족 해체의 원인이다. 부왕이 병을 얻게 되고 여섯 딸들이 아버지를 살려 내는 약수를 구하기를 거부하면서 가족은 더욱 해체된다. 이에 바리데기는 길러 준 은혜는 없지만 낳아 준 은혜를 생각하여 서천 서역국으로 떠나 죽은 부왕을 살려 낸다. 바리데기가 길어 온 '생명수'는 현실적으로는 부왕의 목숨을 재생시킨 수단이지만, 궁극적으로는 해체된 가족을 회복시킨다. 가족의 유지를 강조하고 있다는 점에서 바리데기의 생명수 찾기는 '효'와 연결된다. '효'는 가족 관계를 유지시켜 줄 수 있는 바탕의 하나일 수 있으며 생명수와 같은 의미임을 보여 주는 것이다.

● 한국신화에서 당금애기·바리데기 신화가 갖는 의미

당금애기 신화와 바리데기 신화는 한반도 대부분의 지역에서 전승되었다. 특정 지역에서만 전승되는 신화는 그 지역민의 삶에만 영향을 주지만, 이들 신화는 전승 범위가 훨씬 넓기 때문에 우리 민족 전체의 삶을 형성하는 데 영향을 주었다. 현재 북한에서는 전승이 중단되었다고 보지만, 남한에서는 아직도 활발하게 전승되고 있다는 점에서 이들 신화는 '살아 있는 신화'로서의 의미를 갖고 있다. 전 세계적으로 신화를 구전하고 있는 민족이 그리 많지 않다는 점에서 볼 때, 이들 신화는 우리 민족의 소중한 문화유산일 뿐만 아니라 인류의 소중한 문화유산이라는 의의를 갖는다.

한국의 무속신화에는 남신보다는 여신의 신화가 많다. 무속 의례가 주로 여성을 중심으로 진행되어 온 것과 상관이 있다. 전통적으로 한국 사회는 가부장제를 유지해 왔기 때문에, 사회적 틀 속에서 여성들은 수많은 고통을 겪어야 했다. 이들 신화를 읽다 보면 여성이라는 이유로 무조건 감내해야 했던, 남성 중심의 집단적인 폭력을 읽을 수 있을 것이다. 딸이라는 이유로 낳자마자 버려져야 했던 바리데기의 삶은 이러한 집단 폭력의 대표적인 상징이다. 그러나 당금애기와 바리데기는 온갖 고통을 이겨내고, 마침내 여신의 자격을 획득한다. 처음에는 평범한 인간으로 태어났지만, 결국에는 신의 반열에 오르는 것이다.

이는 한국 무속신화에서 보편적으로 확인되며 한국신화의 주요한 특징이기도 하다. 중요한 것은 당금애기와 바리데기가 고통을 잘 참았다는 이유만으로 여신이 된 것은 아니라는 점이다. 인간에겐 누구나 당금애기나 바리데기처럼 신의 반열에 오를 능력이 있다고 보는데, 당금애기와 바리데기는 그런 능력을 자기 안에서 찾아내어 발현하는 의지를 잘 보여 준다는 점에서 의미가 크다. 온갖 것을 참아 내며 신이라는 종착지에 다다르는 당금애기와 바리데기의 모습을 통해 현재를 사는 우리가 자기 안에 숨겨진 능력을 믿고 따르며 신화 속 신의 위치에 버금가는 삶을 현실 속에서 구현할 힘을 얻는다는 줌이 이들 신화가 갖는 더 큰 의미가 아닐까 한다.

이 책에서 「당금애기」는 서대석의 『한국무가 연구』(문학사상사, 1980년) 부록에 실린 채록 내용을 토대로 읽기 쉽게 고쳤다. 이 자료는 경기도 양평에서 1970년에 채록된 것으로 「당금애기」 자료 중에서 가장 서사성이 풍부할 뿐만 아니라, 서사 전개도 논리 정연하다는 평가를 받고 있다. 「바리데기」는 아카마쓰 지죠·아키바 다카시의 『조선무속의 연구(상)』(오사카, 옥호서점, 1937년)을 기본 자료로 하고, 김태곤의 『한국 무가집 1』(집문당, 1979년 재판), 『한국 무가집 4』(집문당, 1980년) 등에 실린 기록을 참조하여 일부 내용을 보충하였다. 아카마쓰 지죠·아키바 다카시의 자료는 서울 지역에서 채록하여 1937년에 발표한 것으로 「바리공주」의 채록 자료로는 가장 처음 채록된 것이다. 서울 지역에서 전승되는 「바리데기」는 다른 지역에서 전승되는 것보다 서사 전거가 논리 정연하고, 바리데기가 죽음을 관장하는 여신이 되기까지의 과정을 숭고하게 그려 내었다는 특징이 있다. 다만 이야기의 뼈대만 소개된 단점이 있기 때문에 김태곤의 채록 자료 중 일부 내용을 참고하여 살을 보태었다.

이제까지 이들 한국신화를 대중에게 소개하는 경우, 구비 전승 문학이라는 특성상 출처가 분명하지 않은 자료를 바탕으로 지나친 윤문을 거치는 경우가 많았다. 현대 독자들을 위해 일정 부분의 윤문은 필요하지만 출처에 대한 명시 없이 필자의 문체가 지나치게 드러나는 경우 오히려 한국신화의 실상을 제대로 이해하는 데 방해가 되지 않을까 염려하였다. 따라서 이번 집필에서는 출처가 분명한 자료를 사용하고, 최대한 원 자료의 실상을 훼손하지 않기 위해 애썼다. 그런 점에서 이 책에 소개된 신화는 원 채록 문헌과 거의 차이가 없다고 보면 될 것이다.

한편, 작품 해설과 관련하여서는 『한국무가의 연구』(서대석, 문학사상사, 1980년), 『한국신화의 연구』(서대석, 집문당, 2001년), 『한국 고전산문의 탐구』(최원오, 월인, 2002년), 『서사무가 바리공주 연구』(홍태한, 민속원, 1998년) 등의 서적을 참고하였다.